4.95

8796.

PANT YN Y GWELY

PANT YN Y GWELY

Jane Edwards

GOMER

Argraffiad cyntaf—1993

ISBN 1 85902 0070

ⓗ Jane Edwards

Dymuna'r cyhoeddwyr gydnabod cymorth Adrannau'r Cyngor Llyfrau Cymraeg.

Argraffwyd yng Nghymru gan
J. D. Lewis a'i Feibion Cyf., Gwasg Gomer, Llandysul, Dyfed.

Dymuna'r awdur gydnabod derbyn Ysgoloriaeth Irma Chilton gan Gyngor Celfyddydau Cymru i lunio'r nofel hon.

1

Deffrôdd Gwenan efo sbonc fel petai rhywun wedi gosod cloc larwm tu mewn iddi i'w hambygio a chodi cur yn ei phen. A doedd hynny ddim yn argoeli'n dda o gwbwl. Am eiliad meddyliodd ei bod ynghanol arholiadau a heb adolygu'n iawn; neu ddim yn siŵr beth i'w wisgo ar gyfer y disco neu'r *gig*.

Ac yna cofiodd beth oedd yn bod: roedd hi wedi torri drych ar lawr y gegin y noson cynt, a'i mam yn proffwydo saith mlynedd o anlwc am fod ganddi ddwylo menyn. Saith mlynedd am dorri mymryn o ddrych rhad wedi ei amgylchynu â phlastic pinc, nad oedd fawr o werth i neb. Wel, chwarae teg i bawb, lle mae tegwch y peth?

Nid ei bod yn disgwyl llawer o chwarae teg ar ôl dod o hyd i gyfrinach ei thad rhwng cloriau *The Spade and Hoe*, a gadwai yn nrôr isa'r cwpwrdd yn ymyl ei wely. Dau ddarn papur diniwed yr olwg wedi eu torri'n dwt o'r *Mail*, ac wedi dechrau melynnu ar ôl bod yno cyhyd. Dau bwt o newyddion i ddryllio ei bywyd am oes, a'i gwneud yn wahanol i bawb. Cyfrinach i godi cywilydd arni am byth, a'i gwneud yn berson mewnblyg, cudd. Cyfrinach y byddai'n rhaid iddi ei chadw iddi ei hun am byth, am nad oedd y math o beth i'w rannu â neb. Nid y math o gyfrinach y byddai genod yn ei sibrwd yng nghlustiau'i gilydd am fechgyn, a'r hyn roeddyn nhw wedi ei wneud iddyn nhw.

Na, doedd a wnelo'r gyfrinach ddim yn uniongyrchol â rhyw, roedd yn llawer gwaeth na hynny, ac yn rhywbeth y byddai'n rhaid iddi ei gario efo hi i'w bedd. Byddai'n synnu weithiau nad oedd Hannah wedi synhwyro fod rhywbeth o'i le, ac wedi holi ei pherfedd i weld beth oedd yn bod. Ond yna doedd Hannah chwaith ddim yn hi ei hun ers tro byd; roedd yn fwy anniddig a checrus, a hynny er nad oedd ganddi hi ddim byd i'w guddio, am mai gweinidog oedd ei thad. Ac yn wahanol i ddynion sy'n gweithio mewn garej does gan weinidogion ddim cyfrinachau i'w cuddio rhag eu gwragedd a'u plant.

'Dyna ddigon,' meddai wrthi ei hun, a rhwbio'i llygaid i geisio dileu'r gyfrinach o'i chof. A syllu i gyfeiriad y ffenest i weld y wawr yn torri rhwng y llenni, yn drwm a thrafferthus fel petai wedi laru gwneud yr un peth o ddydd i ddydd.

Ac yna drwy gil ei llygaid gwelodd rywbeth a barodd iddi fynd yn groen gŵydd drosti, a pheri iddi fod eisiau dianc am ei bywyd o'r lle, wrth i'r ddynes a safai'n ymyl y wardrob wedi ei gwisgo mewn ffrog hir at ei thraed rythu i'w chyfeiriad heb ddweud gair o'i phen. Agorodd ei cheg i weiddi am help, ond doedd ganddi ddim llais. A thynnodd y gynfas dros ei phen, ac aros yno yn ei hunfan cyn sylweddoli o'r diwedd mai'r ffrog forwyn briodas oedd yno, wedi ei gosod y noson cynt gan ei mam i ddod allan o'i phlygiadau. Nid ei bod y math o ffrog i neb wirioni'i ben arni, efo'i gwddw isel crwn, y llewys pwfflyd at y penelin, a'r wasg oedd yn mynd i lawr i wneud siâp V: i beri iddi edrych yn deneuach, yn ôl gwraig y siop. Ac ychwanegu mai dyma'r lliw am 'leni, *salmon*. *Salmon* er mai coch oedd ei gwallt.

'Gwena, bendith y tad,' ebe'i mam wrth iddi droi ei thrwyn.

Ond doedd ei thad ddim yn meddwl rhyw lawer o'r lliw chwaith, neu fydda fo ddim wedi gofyn *Salmon?* fel y gwnaeth cyn mynd yn ôl i bori yn *The Gardener's Weekly.*

'Ddim *salmon* go iawn felly, rhyw binc orenj,' meddai ei mam a thynnu'n drwm yn ei sigarét. 'O'r nefoedd, trïa ddallt.'

Mae rhai pobl sy'n medru smocio mewn steil: yn llwyddo i edrych yn rhywiol a synhwyrus 'run pryd; wedi treulio oriau'n y drych i berffeithio'r ddawn. Doedd ei mam ddim yn un o'r bobl hynny; roedd hi'n drachtio am ei bod angen pob blewyn o'r nicotîn.

Heddiw roedd hithau am roi trît iddi ei hun; er fod y mwg wedi troi arni pan smociodd yng Nghae Mair rai misoedd yn ôl. Roedd ganddi baced yn barod yn y drôr lle cadwai ei dillad isa, Tampax a seboniach.

Cododd o'i gwely i'w nôl, a theimlo llyfnder y papur seloffên dan ei llaw. Marlboro, dyna'u henw. Doedd o ddim yn air hawdd i'w ddweud. Ynganodd o drosodd a throsodd nes ei gael yn iawn. Marlboro, gair meddal llyfn oedd yn gwneud iddi feddwl am gerrig gleision mewn nant a mwsogl oedd yn fwy cyffyrddus na gwely plu. Marlboro, dyna fo. Cyffwrdd top ei cheg efo'i thafod: Marlboro, dyna sut i'w ddweud.

Gwenodd arni ei hun yn y drych er nad oedd hi'n ddigon golau iddi fedru'i gweld ei hun yn iawn. Llawn cystal, rhag i hynny ei gwneud yn ddi-hwyl am weddill y dydd: doedd hi ddim y peth dela grewyd, ben bore fel hyn, efo'i gwallt yn glymau a'i llygaid bach cul.

Dolbiodd y gobennydd yn ôl i'w le am nad oedd eisiau mynd i'r briodas efo bagiau trymion dan ei llygaid. Arwydd o gyhyrau gwan, yn ôl Hannah, oedd yn gwybod pob peth.

A byddai wedi cysgu ymlaen am oriau petai'r ffôn ddim wedi canu dros y lle. A'i mam yn bloeddio o waelod y grisiau am i rywun ei ateb, bendith y tad.

Llusgodd ei hun o'r gwely a tharo i mewn i'w thad ar y landing: trowsus ei byjamas yn bygwth syrthio oddi amdano am nad oedd wedi'i rwymo'n ddigon tynn, a'i wallt yn sefyll fel brigau ar ei ben.

'Dad.'

'Ia, cyw?'

O, beth oedd ots fod ganddo linynnau o boer yng nghongl ei geg? Cythrodd i ateb y ffôn o'i flaen, dim ond i glywed clic o'r pen arall wrth i rywun roi'r ffôn i lawr.

'Pwy oedd 'na?' Ymddangosodd ei mam yn nrws y gegin, ei llygaid o'r golwg yn ei phen, ar ôl yfed gormod neithiwr i dawelu ei nyrfs. 'Rhywun 'di cal pyncjar neu ffliw, mwn. Fawr o fynadd gin pwy bynnag oedd 'na. Rhyngyn nhw a'u petha. Pawb drosto'i hun 'di hi heddiw.'

'Fasa'n well i ni gal brecwast go iawn, becyn a wy,' meddai ei thad, wrth weld y bwrdd yn y gegin heb ei hwylio na dim golwg o fwyd. 'Fydd hi'n tynnu am dri arna ni'n cal cinio, rhwng tynnu llunia a phob peth.'

'Becyn! Wy!' Syllodd ei mam arno'n flin. 'Be sy haru chdi, 'dan ni ddim isio mynd i'r briodas yn drewi o saim.'

Cychwynnodd Gwenan yn ôl am y llofft rhag cael ei thynnu i ddadl. Ond fel roedd hi'n mynd heibio'r drws ffrynt, canodd y gloch, nes peri iddi ddychryn drwy'i chroen.

'Agor o, bendith y tad,' meddai ei mam.

9

A chyn iddi gael cyfle i weld pwy oedd yno, roedd rhywun wedi ei llwytho â blodau nes ei bod yn methu gweld dim, a'r diferion yn rhedeg i lawr ei choban yn oer.

'Tyd â nhw 'ma, ddim babi 'dŷn nhw,' meddai ei mam. A newid ei llais, yn glên i gyd, i gyfarch Llinos oedd yn ymlwybro i lawr y grisiau â rhyw olwg dwp arni fel petai heb ddeffro'n iawn.

'Y *bouquets* 'di cyrraedd.' A dal y blodau i fyny iddi gael eu gweld.

'*Carnations* 'di rheina,' gwaeddodd Llinos yn flin a rhuthro i'w byseddu a'u hogleuo. '*Carnations*, fedra i ddim diodda *carnations*; rhosys, dyna be ordrais i. Rhosys coch,' a'u lluchio ar draws y cyntedd nes bod y petalau'n sgrialu dan draed.

'Well i mi fynd i wisgo,' meddai ei thad yn gweld storm yn dod. A chodi'r ffôn wrth basio am ei fod yn canu ers tro, a neb yn meddwl ei ateb, ac er ei fod yn casáu'r hen beth.

A fydda neb wedi cymryd sylw ohono petai'r crygni heb ddod i'w lais wrth iddo'i ailadrodd ei hun, 'Ia . . . ia . . . ia,' fel hen record wedi sticio, yn mynd yn is ac arafach efo pob *ia* roedd o'n ei ddweud.

'Wel?' holodd ei mam, a thynnu mor galed yn ei sigarét nes bod ei llygaid yn wincio'n ei phen. 'Wel, *fire away*, newyddion drwg, fedra i ddeud arna chdi.'

Ond fedra hi, hyd yn oed, ddim fod wedi'i pharatoi ei hun ar gyfer yr hyn oedd i ddod. Roedd Harri wedi cael traed oer. Doedd yna ddim priodas i fod.

2

Roedd rhywbeth od ac afreal mewn teithio mewn tacsi ben bore heb olchi ei gwallt na chael bath, a phan oedd llenni'r rhan fwya o'r tai yn dal ar gau, a phawb yn eu gwlâu.

Doedd 'run o'i thraed eisiau mynd, ond doedd ganddi ddim dewis am ei bod yn rhy hwyr i ganslo'r bwyd, a chymaint o'r gwahoddedigion wedi cychwyn ar eu taith. *The show must go on*, chwedl ei mam.

Ac fel petai hynny ddim yn ddigon, nid tacsi cyffredin ddaeth i'w nôl , ond clamp o un mawr du yn union fel y llun roedd ei thad wedi ei guddio rhwng cloriau *The Spade and Hoe*. Y math o dacsi mae pawb mewn tre fach yn sefyll i rythu arno. A doedd hynny ddim yn beth braf iawn, a hithau eisiau'i chuddio'i hun rhag y byd.

Ceisiodd suddo mor ddwfn ag y gallai i'w sedd, ond ddim digon dwfn i beidio gweld y baneri a'r posteri oedd wedi eu plastro o gwmpas y stad, i gyfarch y pâr priodasol. *Good Luck, Cheers, Congrats Harri a Llinos.*

'Gas gin i nhw,' meddai'r hogyn llwyd oedd yn dreifio, a symud ei sbectols i rwbio'i lygaid fel petai o ddim wedi deffro'n iawn.

Jyst ei lwc hi i gael gyrrwr blin ar ben popeth. Edrychodd ar ei wats wrth ei weld yn gyrru mor araf, a siwrnai ugain munud os nad hanner awr o'u blaen, yn ôl ei mam.

Daliodd y dreifar hi'n edrych, a rhoddodd ei droed ar y sbardun i godi sbîd i wibio heibio i lorïau a cheir ar linellau dwbl, a throi nes ei bod yn gorfod gafael yn dynn yn y cordyn rhag cael ei lluchio nôl a blaen yn ei sêt.

'Dal d'afal,' medda fo wrth iddyn nhw nesu at bont fach gul. Ond daeth ei rybudd yn rhy hwyr wrth i'r tacsi hedfan drwy'r awyr nes bod ei chalon yn ei chorn gwddw, a gwadnau'i thraed yn binnau mân.

'Damia, ma hi'n dechra bwrw,' medda fo heb drafferthu i edrych oedd hi'n iawn. 'Tyff lyc, Harri a Llinos. Serfio chi'n iawn.'

Bu ond y dim iddi â dweud wrtho beth oedd wedi digwydd, heblaw nad oedd o'r math o hogyn fydda eisiau gwybod, efo'i sbectols drwchus a'i wallt draenogaidd di-liw.

Ond roedd o'n amlwg wedi cymryd ati neu fydda fo ddim wedi rhoi ei gerdyn iddi. Wayne: dyna'r enw ar y cerdyn. Doedd o ddim yn gwneud hynny i bawb, iddi gal dallt. Roedd o'n ffysi pwy roedd yn ei gario'n yr Hackney. Ond roedd hi'n iawn. Yn OK. A thynnu'i law dros ei flew draenogaidd i'w amenio'i hun, a gwthio'i sbectols drwchus yn ôl ar ei drwyn.

3

'Ffordd hyn, Miss Evans,' meddai'r rheolwr yn gwneud ei orau i swnio'n bwysig, er nad oedd o wedi gorffen gwisgo amdano'n iawn, ei dei bow'n hongian am ei wddw, a'i wallt seimllyd angen cribiad iawn, wrth iddo'i harwain i fyny dwy set o risiau a choridor hir, nes ei bod allan o wynt: cyn sefyll tu allan i stafell, oedd ddim gwahanol i'r lleill heblaw fod y geiriau *Bridal Suite* wedi'u sgwennu ar y drws.

'Dyna ni, Miss Evans, gobeithio y bydd hi wrth eich bodd.'

A chyn iddi gael cyfle i egluro nad iddi hi roedd y stafell, roedd o wedi mynd, a'i gadael i syllu o'i chwmpas, ar y gwely ffôr poster di-chwaeth, y ddwy gadair esmwyth a'r teledu lliw.

Snwyrodd y rhosynnau cochion ar y bwrdd glàs i weld oeddan nhw'n rhai iawn. A darllen y nodyn ar y bwced potel *champagne. Ring reception when you are ready for the real thing.* Agorodd un o'r pacedi bach bisgedi oedd ar yr hambwrdd yn ymyl y tegell a'r offer gwneud coffi a the, a'u cnoi heb eu blasu wrth syllu arni ei hun yn y drych. Hen arferiad mursennaidd, yn ôl un o gylchgronau ei mam, dangos diffyg hyder ac ansicrwydd. Tynnodd ei thafod ar y ferch fursennaidd ddihyder yn y drych. A mynd yn ôl i chwilio am y stafell fwyta.

'Dyma ni,' meddai'r rheolwr fel petai wedi bod yn aros amdani ers tro: ei wallt wedi ei blastro'n ôl efo *brylcreem*; a symud ei draed yn ôl a mlaen fel petai ar lan môr, ddim yn siŵr iawn wnâi o fentro i'r dŵr.

Tynnodd ei sylw at y byrddau hirion efo'r llieiniau claerwyn startshlyd a blodau: 'Ffresh bob dydd, ha a gaea, Miss Evans.' Yn union fel petai ots ganddi hi, a oedd wedi cael ei llygaddynnu gan yr olygfa tu allan, lle roedd siglen wag a labrador mawr swrth yn gorweddian yn ei chysgod. A thu draw i'r labrador, caeau gleision braf yn ymestyn tua'r môr, oedd yn prysur doddi i'r awyr uwchben wrth i'r glaw smwc ddod i lawr i guddio popeth.

'Eich mam, Miss Evans.' Daeth llais y rheolwr â hi'n ôl at ei choed, 'yn dweud ar y ffôn gynna yr hoffech chi newid dipyn ar y drefn, newid rhai o'r cardia rownd. Galwch os bydd angen help arnach chi.'

'Fydda i'n iawn, diolch.' Am ei fod y math o ddyn nad oedd dim modd cael gwared â fo'n rhwydd.

A phan oedd hi bron ag anobeithio ei weld yn mynd, dyna fo'n rhoi ei ddwy law dan adenydd ei gôt i'w fflapian a chicio'i sodlau, cyn bagio i ffwrdd.

Roedd ei mam wedi ei gorchymyn i symud teulu Harri i'r byrddau pella un, ymhell oddi wrth bawb. Ond doedd hynny ddim yn dasg mor hawdd am nad oedd hi'n nabod fawr o neb wrth eu cyfenwau, ac am na ddeuai byth i ben â cheisio dyfalu pwy oeddyn nhw i gyd. Un peth oedd yn sicr, os na ddechreuai ar ei hunion byddai'r gwahoddedigion yno cyn iddi droi.

Dechrau ar y bwrdd top, dyna'r ffordd i wneud. Shiw, tacla, shiw, shiw, ffwrdd â chi, shiw.

'Dowch, dowch, Miss Evans.' Ailymddangosodd y rheolwr, wedi bod yn sbecian siŵr o fod. 'Dowch, fedrwn ni ddim cal pawb i eistedd ar y byrdda cefn. Be am ailddechra?' A sgubo'r cardiau yn ôl i gledr ei law.

Ond fuo dim rhaid iddi ei wylio'n hir, diolch i'r drefn, gan i'w thad ymddangos yn y drws, yn llewys ei grys a'i drowsus gwaith, i ofyn oedd hi'n barod.

Sgyrnygodd arno am ofyn cwestiwn mor dwp. A rhuthro i'r car, gan ei adael o i ddelio efo'r rheolwr, a'r cardiau bach.

4

Roedd Rosa'n y gegin ganol, wrthi'n gwneud to gwellt o wallt Llinos, pan gyrhaeddodd yn ôl: ac oglau *laquer* drwy'r tŷ i gyd.

'Lle ma Mam?' Am na allai feddwl am ddim byd arall i'w ddweud.

''Di mynd â'r *carnations* nôl.' Ni allai weld wyneb Llinos ond roedd ei llais yn swnio'n iawn.

'Dw i'n meddwl yr a' i am fath.'

13

Felna roeddan nhw yn eu tŷ nhw, pawb yn dweud wrth ei gilydd beth roeddyn nhw'n ei wneud: er nad oedd gan neb fawr o ddiddordeb byth; heblaw i ddweud nad oedd yna ddim digon o ddŵr poeth ar ôl, neu eu bod nhwytha eisiau bath.

'Iawn, iawn,' meddai Llinos, 'dim ond i chdi beidio loetran, sgin Rosa ddim drwy'r dydd.'

Gwenodd Rosa wrth glywed ei henw, am fod gwenu'n siŵr o fod yn rhan o'i gwaith. Fel roedd o'n rhan o waith ymgymerwr i dynnu wyneb hir.

Doedd hi rioed wedi meddwl am ymgymerwyr o'r blaen cyn i Deiniol adael yr ysgol i weithio efo'i dad. Nid eu bod nhw'n gariadon na dim felly, er eu bod nhw'n ffrindiau da ac yn perthyn i'r un criw. Ond rhywsut wedi iddo dorri ei wallt a'i gribo i un ochr, a chael ei enw ar ochr yr hers, doedd o ddim fel petai o'n perthyn dim mwy. A doedd yna ddim sglein ar ôl yn ei lygaid: y llygaid glas oedd yn arfer ei hatgoffa o Gae Mair yn llawn o flodau'r gog yn suo'n y gwynt. Ond rŵan roedd yna niwlen wedi cymryd eu lle. Fel petai o wedi gweld gormod o farw a diodda cyn pryd.

Roedd Hannah wedi sylwi hefyd, ac yn dweud na fydda waeth iddo fod wedi mynd i'r fyddin ddim, gan mai marwolaeth oedd eu busnes nhwytha'n y pen draw. Ac er ei bod hi ei hun yn erbyn rhyfel, doedd pob milwr ddim yn ddrwg. Rhestrodd nifer ohonyn nhw oedd hefyd yn feirdd, Hedd Wyn, Wilfred Owen, a rhyw enw fel Sassoon, y dyn gwneud gwallt.

'A dyma chdi be sy'n od.' A symud ei gwallt golau hir oddi ar ei thalcen fel y gwnâi wrth ddweud rhywbeth o bwys. 'Chlywis i rioed am ymgymerwr oedd yn fardd.'

'Falla mai Deiniol fydd y cynta,' meddai Gwenan i ysgafn-hau'r sgwrs, nes bod y ddwy'n glana chwerthin.

Drat, nid dyma'r amser i hel meddyliau. Camodd i'r bath, a suddo o'r golwg i'r trochion i gael gwared â Deiniol, beirdd a phriodasau o'i phen. A chlywed sŵn y dŵr o'r peipiau yn pwmpio'n ei chlustiau. A meddwl mor hawdd fyddai gorwedd yno nes i'r sŵn fynd yn llai a llai, ac i'r dŵr oeri. Mor hawdd oedd marw: dim ond gorwedd o'r golwg mewn trochion braf.

Ddim diolch fawr, a chodi ar ei heistedd nes bod sêr yn

dawnsio o flaen ei llygaid wrth feddwl am Deiniol yn ei bodio a'i byseddu cyn ei hoelio'n ei harch. A chlywodd ei mam yn galw arni o waelod y grisiau i frysio, nad oedd ganddyn nhw drwy'r dydd.

5

Nid ei thad oedd yr unig un oedd ganddo gyfrinach yn eu tŷ nhw. Mos oedd cyfrinach ei mam ers ugain mlynedd a mwy. A fyddai neb ddim callach petai hi ddim wedi ei wadd i'r briodas ar funud wan, nes peri i Llinos lyncu mul am amser hir, a bygwth peidio priodi os oedd o'n dod.

Ond roedd y gwahoddiad wedi ei anfon a Mos wedi derbyn. A rŵan roedd o'n sefyll yn y bar yn edrych fel rhyw Errol Flynn wedi ei dynnu drwy'r drain, efo'i wên barod a'i fwstásh, ac yn prynu diodydd i bawb.

Ac wrth ei weld mor hael dyna bawb yn tyrru o'i gwmpas: teulu Harri a phawb a chynnig prynu diod i'w gilydd am y gorau.

A'i mam ddim yn gwrthod dim, er ei bod wedi yfed digon o frandi'r noson cynt i'w chadw i fynd am sbel. A doedd mam Harri ddim llawer gwell, yn llowcio fel ych, un ar ôl y llall.

'Gwenan,' meddai ei mam, ar ôl cael sgwrs hir efo mam Harri, 'picia i'r *dining room* i symud y cardia'n ôl, sgin 'i deulu o mo'r help. Ma nhw'n hen bobol iawn.'

Ond doedd dim rhaid iddi wneud wrth lwc am fod rhywun wedi bod yno o'i blaen: ac wedi gosod Mos gyda'r teulu ar y bwrdd top, reit ar y pen yn lle bod cadair wag am nad oedd Harri'n dod.

Roedd Llinos, chwarae teg iddi, yn gwneud ei gorau i ymddangos yn hapus, yn smocio, yfed a sgwrsio efo pawb fel petai dim yn bod; nes i'r gwas priodas, oedd hefyd yn frawd i Harri, anghofio'i hun yn llwyr, a byhafio fel petai'n briodas go iawn. A mynd mor bell â gofyn, 'Oes 'na areithia?' i ddangos mor dwp oedd o.

'Pam lai?' meddai ei mam, wedi mynd i ysbryd y peth, diolch i'r jin a'r gwin.

Ac mi siaradodd pawb yn ddigon del, heb gyfeirio unwaith at Harri: na sôn am yr holl bysgod oedd yn dal ar ôl yn y môr. Dim ond diolch i'w rhieni am y croeso a'r bwyd. A dweud na fyddai'r gwin ddim yn llifo'n well petai Iesu Grist ei hun yn gofalu am y bar.

Wedi i'r areithiau ddod i ben, mi alwodd y gwas ar ei rhieni i dorri'r deisen. Ond roedd hynny'n ormod i Llinos a dyna hi'n rhoi bloedd dros y lle, a rhedeg allan ar frys; a gadael pawb i rythu'n gegagored ar ei hôl.

'*Life goes on*, genod bach, weithia fel malwen, dro arall fel corwynt,' meddai ei mam a'i lluchio'i hun i'r gadair esmwyth goch a gwyrdd yn stafell y gwesty, i gicio'i sgidiau sodlau uchel oddi am ei thraed, am eu bod yn ei brifo a'i phinsio na fuo rioed ffasiwn beth.

''Chrynis di fi, sti,' meddai wrth Llinos, oedd yn gorweddian ar y gwely yn cnoi ei hewinedd at y byw. 'Gweiddi felna fath â hogan bach. Fuo ond y dim i mi dorri'n llaw ar y gyllell wrth dorri'r deisen, i chdi gal dallt.'

'O, peidiwch â 'ngneud i'n sâl,' meddai Llinos a phoeri ewin o'i cheg. 'Fedrwch chi ddim siarad am neb weithia ond chi'ch hun. Fi sy 'di cal 'y mrifo, fi, fi, fi.' A'i dyrnu ei hun yn ei bron.

'Dw i'n gwbod, 'y mabi gwyn i,' meddai ei mam a chodi i'w chofleidio. 'Aros di i mi gal gafal yn yr hogyn Harri 'na, mi taga i o'n fyw.'

Ond doedd Llinos ddim eisiau clywed beth oedd yn mynd i ddigwydd i Harri; doedd hi ddim eisiau cael ei mwytho a'i chysuro chwaith. Roedd hi'n eu casáu nhw i gyd, yr holl blydi lot, nhw â'u chwerthin a'u slotian a'u hwyl, yn cario mlaen fel petai dim yn bod, neb yn meddwl amdani hi. A doedd hi ddim eisiau disco chwaith. 'Dallt? Dallt?' A sgrechian nes bod y gwydrau'n tincian ar y bwrdd glàs.

'Brandi, brandi,' galwodd ei mam ar Gwenan, a phwyntio at y cwpwrdd dan y bwrdd glàs lle roedd y ffridj. A methu ei gweld yn ei hagor yn ddigon cyflym am ei bod yn fodiau i gyd a ddim yn gwybod sut i drin y clo. A ddaru hi ddim tewi nes bod y drws yn agor a'r botel yn ei llaw: a chymryd swig i'w flasu drosti ei hun.

'Hwda'r aur, yfa fo, fyddi di ddim 'run un. *Cognac* saith seren, y gora un, *the very best.*'

Syllodd Llinos arno'n ddrwgdybus cyn ei lowcio ar ei phen. A hwnnw fel gwyrth yn gweithio ar ei union: dod â lliw yn ôl i'w hwyneb, a pheri iddi ymestyn yn ôl a mlaen yn faldodus fel rhyw lyngyren fawr.

'Stwff da,' meddai ei mam, yn dal i fagu'r botel yn ei llaw. 'Well na ffisig a phils unrhyw ddydd. Roedd gin 'rhen bobol beth bob amsar yn y tŷ.' A phlygu i chwilio am ei sgidiau i fynd yn ôl i'r parti, am na allai ddibynnu ar ei gŵr i ddal pen rheswm efo neb. Doedd o'n da i ddim efo pobol, ond doedd dim eisiau 'i well o efo ceir a gardd.

'Rhoswch, ddo i hefo chi,' meddai Llinos, wedi sbriwsio drwyddi, oedd yn profi fod yr hyn ddwedodd ei mam am y brandi saith seren yn iawn.

'Sycha dy llgada gynta, pwt, rhag iddyn nhw feddwl dy fod ti 'di bod yn cario glo.' A chwerthin am ben ei jôc ei hun wrth dwtio'i hwyneb yn y drych.

Ond roedd Llinos yn poeni mwy am ei ffrog na'i mascara, ac yn cwyno'i bod hi'n rincyls i gyd ar ôl gorwedd ar y gwely.

'O, twt,' meddai ei mam, 'doedd un Prinses Di fawr gwell a honno 'di costio ffortiwn i'r wlad. A ddath hi â fawr o lwc iddi chwaith.'

Ac wrth fyfyrio ar drafferthion priodas y teulu brenhinol, daeth i'r casgliad fod bywyd yn haws heb ŵr: dim ond trafferth a gwaith oeddyn nhw i gyd.

Rhaid bod Gwenan wedi syrthio i gysgu wedi iddyn nhw fynd, oherwydd pan gyrhaeddodd hi'r neuadd, roedd y disco wedi dechrau a goleuadau'n fflachio fel mellt, wrth i'r miwsig atseinio i bob cwr, er nad oedd fawr o neb yn dawnsio ac eithrio ei mam a Mos, a oedd wrthi'n lluchio'u breichiau o gwmpas a phrancio fel ceffylau blwydd, digon i godi cywilydd ar neb.

'Pam na ddawnsiwch chi?' meddai Gwenan wrth ei thad oedd yn pwyso ar y bar.

17

'Dwy goes chwith,' medda fo. 'Siort ora i balu a thrin 'r ardd.' A syllu'n hir ar y sgidiau am ei draed, yn methu cofio adeg pryd wisgodd o rai mor ysgafn o'r blaen.

'Pawb yn medru dawnsio, cwbwl sy isio i chi neud 'di symud ych traed i sŵn y miwsig.'

'Ti'n galw hwnna'n fiwsig?' A gwthio'i wydr peint dros y bar am chwaneg. 'Ti ddyla fod wrthi, miwsig pobol ifanc 'di peth felna.'

'Ddim llawar o awydd.' Na neb arall chwaith wrth yr olwg swrth oedd ar bawb wrth iddyn nhw grafu am rywbeth i'w ddweud wrth ei gilydd uwchben eu gwydrau o gwmpas y byrddau bach.

'*Change* sy isio arna chdi,' medda fo, 'holidê bach.' Ei dafod yn mynd yn dewach bob tro yr agorai ei geg. A'i gorff yn plygu'n ôl a mlaen fel petai o ar long ynghanol andros o storm. 'Holidê i rwla pell bell i ffwrdd fel Sbaen.'

'Sbaen?'

'Lle braf medda pawb, lot o *sand* a lan môr. Meddwl y basa chdi'n licio mynd 'na hefo dy chwaer.'

'I Sbaen hefo Llinos!'

'Pam lai? Fasa ddim yn beth braf iddi fynd yno'i hun, a mi fasa'n biti iddi beidio mynd, a'r eroplên 'di thalu amdani a bob peth . . . Gin ti basbort, yn does? Fi ddaru yrru amdano fo i chdi, os cofia i'n iawn, dechra'r gaea 'ma pan est di i sgïo hefo'r ysgol i Ffrainc. Ddim isio un arall am ddeng mlynedd arna chdi, pan fyddi di'n *twenty-seven*.'

Y pasport oedd y drwg, efo hwnnw y dechreuodd yr helynt, ac y synhwyrodd fod rhywbeth o'i le, wrth i'w thad roi ei law dros y ffurflen i'w chuddio rhagddi hi. Er, roedd yn ddirgelwch pur iddi sut oedd o'n medru cadw'r peth oddi wrth ei mam, a honno mor fusneslyd, yn gwybod pob peth, yn mynd i bob poced a drôr pan fyddai'n brin o bres neu'n chwilio am sigaréts. Ond rhaid ei bod yn gwybod rhywfaint neu fyddai'r stori ddim yn gwneud sens. Weithiau, pan fyddai'n gorwedd yn ei gwely'r nos yn poeni am y peth, byddai'n meddwl mai dyna pam oedd ei thad mor ddistaw, am ei fod wedi'i ddisgyblu'i hun i gau ei

18

geg, nes bod hynny'n mynd ar nerfau ei mam, ac yn gwneud iddi edliw iddo mai gyda'r *monks* y dylai fod.

Wrth weld ei thad yn barotach i siarad wedi i'r ddiod lacio'i dafod, meddyliodd Gwenan fod yr amser wedi dod iddi ei holi am y pasport. Ond fel roedd hi'n llyncu'i phoer cyrhaeddodd ei mam.

'Deud wrth Gwenan o'n i,' meddai ei thad yn falch ohono'i hun, 'y basa ni'n lecio iddi fynd ar yr *honey* . . . ar holidês hefo Llinos i Sbaen'

'Lyci dyc,' meddai ei mam a rhoi ei braich am ei hysgwydd. 'Braf arna chdi: faswn i'n mynd yn hun tasa gin i basport.'

'*Hold on*,' meddai ei thad a thynnu'i mam i eistedd ar ei lin. 'Pwy ti'n feddwl wyt ti? Shirley Valentine?' nes ei bod yn glana chwerthin, i dynnu sylw pawb. A'i thad oedd bob amser yn ddistaw a swil yn ymddwyn fel petai'n malio dim, ac yn ei chusanu o flaen pawb.

Diolch nad oedd Hannah na neb o'i ffrindiau o gwmpas i weld, neu fydda hi byth yn medru'u hwynebu nhw eto. Doedd rhieni parchus ddim yn meddwi ac yn actio fel cariadon i godi cywilydd ar eu plant. A doedd ganddyn nhw ddim sgerbydau yn eu cypyrddau chwaith.

6

Byddai ei thad wedi cynnig mynd â nhw i'r maes awyr, heblaw fod ganddo andros o gur yn ei ben, a bod ei mam yn mynnu glynu wrth y cynlluniau gwreiddiol deued a ddêl, ac yn dweud y byddai John Chrysanths yn siomedig pe na châi fynd â nhw.

Gŵr Sylvia, oedd yn gweithio'n y ffatri ddillad efo'i mam, oedd John Chrysanths: yn rhedeg tacsi ar y slei, ac weithiau'n helpu tad Deiniol gydag angladdau pan oeddyn nhw dros eu pen a'u clustiau mewn gwaith. Ond ei brif bleser oedd tyfu blodau i'w harddangos mewn sioeau. A phan oedd o yn ei ardd byddai'n colli pob syniad am amser yn llwyr.

Dyna pam oedd ei mam nôl a mlaen yn y ffenest, yn poeni ei fod yn hwyr, ac yn meddwl tybed oedd o wedi anghofio amdanyn nhw. Ac yn mynnu gofyn yr un cwestiynau dro ar ôl tro. ''Di bopeth gynnoch chi? Bag molchi? Aspirins? Dillad isa? Bicinis?'

A Llinos yn ateb yn ôl, 'Mam, sawl gwaith sy rhaid deud, 'dan ni ddim yn mynd i ben draw'r byd. Ma Sbaen yn y *Common Market*; digon o *boutiques*, *chemists*, a *restaurants*. So.'

'Ych pasports, 'di'ch pasports gynnoch chi?' Wrth weld y Cavalier du yn dod i fyny'r stad. A ddim yn fodlon nes cael eu gweld drosti ei hun.

'Del.' Am fod Llinos wedi trïo gwneud wyneb secsi. A throi at Gwenan i gadw'r ddesgil yn wastad. 'Del ohona chditha.' Er ei bod yn palu celwydd. Wel, sut mae gobaith i neb fod yn ddel wedi torri ei gwallt fel bonnet am ei phen?

'Barod, genod bach,' meddai John Chrysanths a sigarét yng nghongl ei geg. 'Dowch i mi gal rhoi'r portmantôs 'na'n y bŵt.'

A'r Cavalier yn ogleuo o faco a blodau wedi gwywo, ac un bwndel bach yn dal o dan y sêt.

'Drychwch,' meddai Gwenan, 'pwy sy pia hwn?'

'Ar f'engoch i.' A chrafu'i ben mewn penbleth pan welodd o nhw. 'Ar fedd pwy ma rheina i fod 'sgwn i? Oes 'na enw arnyn nhw, genod bach?'

'Dim,' ebe Gwenan, a rhoi ei llaw heibio ochr y sêt i chwilio'n iawn.

'Ddylwn i gofio hefyd a chyn lleied yn rhoi bloda'r dyddia hyn. Cnebrynga 'di mynd yn da i ddim, ond esgus i godi pres at ryw achos da. A'r achos da, fel mae o'n cal 'i alw, 'di'r sglyfath peth a'th â nhw o'r fuchedd 'ma yn y lle cyntaf. Lle ma synnwyr peth felly, medda chi?'

Ac ymlaen ac ymlaen, nes bod Gwenan yn dyfaru na fyddai wedi gadael y blodau dan y sêt.

'Clwad dy fod ti 'di cal clecan go arw ddoe.' A throi reit rownd i edrych ar Llinos, oedd yn llwyd fel lludw dan y powdwr a'r paent. 'Well i chdi heb y sgrwb, os mai un felna 'di o.'

'Drychwch ar y gwartheg yn y cae,' meddai Gwenan am nad oedd Llinos ddim eisiau sôn amdano: ddim eisiau clywed ei enw fo eto tra bydda hi byw.

'*Jerseys*,' medda fo, 'fydda nhw ddim yna'n hir os ceiff y *Vegis* 'na'u ffordd. Marciwch chi 'ngair i, dim ond mewn sw fyddan nhw i'w gweld. Lecio cig fy hun, llwythi ohono fo, bîff, oen, porc, bob math.' A manylu ar y dull o'i goginio cyn gofyn, 'Sut fwyd sy tua Sbaen 'na? Lot o gig tarw a malwod a slywennod, cŵn a chathod, synnwn i ddim.'

'Stopiwch,' gwaeddodd Llinos, wedi bod yn magu'i stumog ers tro, a rhoi ei llaw dros ei cheg am fod yr holl ddisgrifiadau'n codi pwys arni hi.

'Stopiwch, plîs, stopiwch,' gwaeddodd Gwenan wrth weld ei bod hi ar fin cyfogi'n go iawn.

'Be? Ar y moto'we?' Ond roedd un cip ar wyneb Llinos yn ddigon o ateb, a thynnodd i mewn ar ysgwydd galed y ffordd.

Aeth allan i roi ei fraich am ei hysgwydd a gafael yn ei thalcen. 'Dyna chdi, rho dy fys reit i lawr dy gorn gwddw. Mwy o le ar ochor moto'we nag mewn eroplên fach ... dyna chdi ... fyny â fo,' wrth i'r taflu i fyny ffrwydro o'i ffroenau a'i cheg a sbrencian i bobman.

'Gormod o *champagne* a gwtjach, dyna'r drwg.' A'i astudio'n iawn cyn mynd draw at y clawdd i sychu'i sgidiau.

'Rhowch i mi gnebrwn unrhyw ddydd, genod bach. Pawb yn sifil mewn cnebrwn, dim hen lymeitian gwirion i neud pobol yn sâl. Ond am briodasa, pell y bo nhw, ddeuda i.' A phwyso mlaen i edrych ar y cloc, a synnu'i gweld hi mor hwyr. 'Rhaid i mi roi chwip i'r hen geffyl yn 'i flaen neu chyrhaeddwn ni byth mewn pryd. Ma nhw'n deud i mi na neiff 'rhen eroplêns 'ma ddim aros am neb, ddim fel hen fysys bach y wlad.'

Ond doeddyn nhw ddim yn mynd ar amser chwaith. A bu'n rhaid iddyn nhw dreulio dwyawr yn yfed coffi a cherdded o gwmpas siopau'r awyrborth i ladd amser.

'Drycha,' meddai Llinos yn darllen ei ffortiwn ymhob cylchgrawn yn W H Smith, 'ma nhw i gyd yn deud fod hon yn mynd i fod yn wythnos drybeilig, *disaster* go iawn. Biti na faswn i 'di gweld nhw nghynt i ganslo'r blydi briodas.' A llyncu'i phoer am ei bod yn meddwl ei bod wedi gweld rhywun tebyg i Harri'n sbecian arni dros ei lyfr.

7

Doedd y gwesty deg llawr ddim llawer o beth chwaith, er fod yna fynawyd y bugail a *bougainvillaea* coch llachar o gwmpas y drws, a llawr granit oer yn y dderbynfa. Ac i goroni'r cwbl doedd gan yr hogyn tu ôl i'r ddesg fawr o grap ar Saesneg.

'Bet i chdi mai'n Adfer roedd o'n yr ysgol,' meddai Llinos, yn gwybod yn iawn o ddilyn *Eldorado* fod pawb yn Sbaen yn ddwyieithog mwy na heb. A chymryd y llyfr gwesteion oddi arno i ddangos yr enwau. '*I am Mrs Parry and this is my sister Miss Parry.*' A gorchymyn Gwenan, dan ei gwynt, i beidio'i chywiro, am na ddaethen nhw byth i ben i egluro'r sefyllfa i rywun mor dwp.

'*Como?*' Ei lygaid bron neidio o'i ben mewn syndod. '*Esta es Señor Parry?*' A syllu ar y ddwy fel petai ganddyn nhw gyrn ar eu pen. '*Es tu marido?*' A syllu ar Llinos efo llygaid mawr du.

'*Marido*, be mae o'n malu awyr am briodi?' meddai Llinos yn laddar gan chwys. 'Be 'di'r ots iddo fo os dw i'n briod ai peidio?'

'*It's like this, you see.*' Camodd Gwenan i'r adwy. '*Señor Parry cannot come. He's . . . he's morte.*' Yn cofio iddi ddysgu'n rhywle mai dyna oedd marw.

'*Morto, morto.*' Ei wyneb yn disgyn yn y fan a'r lle. '*Lo siento señoras, lo siento.*'

'O, deud wrtho fo am gau'i hen geg,' meddai Llinos wedi laru ar ei sŵn.

'*Morto.*' A gwneud wyneb hir nes iddo estyn y goriadau oddi ar y bachyn tu cefn. '*La habitación treinte y tres. Have a nice day.*'

'Ddim diolch i chdi,' meddai Llinos dan ei gwynt.

A doedd y stafell ddim yn plesio chwaith efo'r llenni wedi eu tynnu at ei gilydd ganol dydd a'r carped dan draed.

'Jyst fel Harri i fod isio carped,' meddai Llinos yn trïo chwalu'r staeniau gyda blaen ei throed. 'Tynnu ar ôl 'i fam. Carped gin honno'n yr atic, y garej, bob man.' Ac agor y llenni i gael cip ar y môr, a dim golwg ohono, dim byd ond caerau o *skyscrapers* o'u cwmpas ym mhobman.

'Dymp. Blydi dymp go iawn.' A throi i dyrchio'n ei chês i chwilio am ei dillad ha, cyn iddi doddi'n y fan a'r lle.

Cytunodd Gwenan ac eisteddodd ar y gwely i feddwl sut oedd hi'n mynd i ddiodde'r gwres a'r stafell fach, fyglyd am bythefnos gron. A cheisio cyfri sawl diwrnod llawn oedd ganddyn nhw ar ôl.

Tra oedd hi wrthi'n gweithio'r sym yn ei phen, clywodd gnoc ar y drws.

'Agor o,' meddai Llinos, yn ei nics a'i bra, wrthi'n sychu'i hwyneb efo hufen yn y drych.

Agorodd gil y drws i ddechrau, ac yna led y pen wrth weld y *waiter* yn sefyll â hambwrdd yn ei law.

'*Compliments of the manager, he so sad that Mr Parry is dead.*' A mynd draw at y bwrdd glàs, lle roedd Llinos wrthi'n coluro, i osod y gwydrau a'r gwin. Ac aros yno nes dal llygaid Llinos yn y drych.

'Pisyn,' meddai Llinos, wedi iddo fynd.

'Ti'n meddwl?' Ddim yn lecio'r ffordd roedd o'n jelio'i wallt, na'r olwg yn ei lygaid, oedd yn ei hatgoffa o wên Harri pan roddodd *The Sailors Return* iddo'n ôl.

'Meddwl! *Dead cert*. Dos i droi dŵr y gawod ymlaen, gwael. Dw i'n meddwl yr a' i allan am dro. Well i chdi aros i mewn: ma golwg 'di ymlâdd arna chdi.'

A doedd wiw iddi drïo ei pherswadio ei bod yn teimlo'n iawn: ddim blotyn gwaeth, barod am hwyl. Doedd dim troi arni.

O wel, doedd dim amdani ond yfed y gwin. A'i lowcio ar ei phen nes bod y stafell yn troi o'i hamgylch a hithau'n drybola o chwys, a dim traed ganddi i'w chynnal, na dwylo i droi'r gawod ymlaen i oeri a sobri. Llwyddodd i'w lluchio'i hun ar y gwely. A chyn pen dim roedd hi'n farw i'r byd.

8

Deffrôdd yn gynnar fore drannoeth, yn methu dallt lle roedd hi, yn cosi a chrafu na fuo rioed ffasiwn beth. Ac yna wrth i'w llygaid gynefino â'r stafell, a sŵn byddarol y cricedi yn y coed pîn o gwmpas y pwll, daeth popeth yn ôl iddi, ac estynnodd ei llaw dros y gwely i weld a oedd Llinos wedi cyrraedd yn ôl yn sâff.

A dychryn drwyddi wrth weld lle gwag. 'Llinos.' Cododd ei llais rhag ofn ei bod yn y tŷ bach. 'Llinos? . . . Llinos?' Yn gwybod wrth alw nad oedd hi ddim yno, ei bod wedi treulio'r nos efo'r *waiter* seimllyd â'r llygaid slei.

Rhuthrodd i luchio'r gynfas drosti wrth feddwl amdano, a sylwi wrth wneud ar y sbotiau ar ei chorff lle roedd y *mosquitoes* wedi ei phigo mor gas.

Cododd i chwilio ym magiau Llinos am eli i'w lleddfu. A methu dod o hyd i ddim ond pentwr o daclau coluro a hufen haul.

Yna, pan oedd ar fin rhoi'r ffidil yn y to, gwelodd fag ffansi *Liberty* pinc a gwyn. Agorodd y rhuban oedd yn ei glymu, a'i ddal ben ucha'n isa nes bod condoms yn disgyn i bobman.

Gafaelodd yn un o'r pacedi i'w astudio'n iawn, wedi blysu gwneud hynny sawl tro mewn fferyllfa a siop. Ac wedyn wrth i'w chwilfrydedd fynd yn drech na hi doedd ganddi ddim dewis ond ei agor.

Du! Condom du, ych a fi, mae rhywbeth anweddus mewn condom du.

Tynnodd ef rhwng ei bysedd er mwyn ei dorri a'i dynnu bob ffordd. Ond doedd dim yn tycio. Un peth oedd yn sicr: ni allai ei roi'n ôl yn y pecyn, nac yn y bwced chwaith rhag i rywun ei weld. A doedd fiw ei roi i lawr sêt y tŷ bach, am fod nodyn mawr yn gwahardd hynny ar y drws mewn llythrennau mawr coch.

Doedd dim amdani ond ei roi'n ei cheg i'w chwythu fel balŵn, a'i fyrstio. A gwneud cymaint o sŵn nes disgwyl gweld rhywun yn rhuthro i'r drws i weld beth oedd yn bod.

Eisteddodd ar y gwely'n drybola o chwys a bron llwgu eisiau bwyd. A phan aeth gwanc yn drech na hi, gafaelodd mewn dyrnaid o pesetas a sgwennu nodyn i Llinos i ddweud y byddai'n aros amdani wrth y brif fynedfa i'r traeth.

Ond er iddi aros yno am oriau maith, yn smalio nad oedd ots ganddi ei bod ar ei phen ei hun, ac yn ymwybodol o sŵn chwerthin a chwmni o'i chwmpas ym mhobman, doedd yna ddim golwg o Llinos.

A phan na allai ddiodde'r gwres a'r haul ddim mwy, rhoddodd ei gwisg nofio amdani a rhedeg i'r môr. A hwnnw'n cau'n gynnes amdani, mor groesawgar â phetai wedi bod yn aros amdani drwy'i hoes.

9

Heno oedd noson y parti i'w croesawu'n ôl o Sbaen. Syniad ei mam oedd y parti am fod Llinos yn edrych mor llwyd a di-hwyl: ac angen rhywbeth arni i godi ei chalon ar ôl pythefnos drychinebus yn yr haul.

A neb yn holi sut wyliau roedd hi wedi ei gael, am ei bod yn bupur o frychni ar ôl treulio pythefnos ar y traeth: yn cyfri'r dyddiau a'r oriau nes câi hedfan yn ôl i Gymru; lle roedd yr awel yn dal yn fain a chlychau'r gog yn gwywo ac yn darfod yng Nghae Mair.

Ond roedd Hannah wedi amau nad oedd hi wedi cael amser wrth ei bodd neu fyddai hi ddim wedi holi ei pherfedd wrth iddyn nhw gerdded i'r dre i nôl neges ar gyfer y parti.

Yr hyn a boenai Hannah fwyaf oedd y lliw haul, doedd o ddim yn gweddu iddi o gwbl: roedd yn gwneud iddi edrych fel petai wedi sgeintio pupur drosti ac angen sgwrfa iawn.

'Er, ma'n siŵr dy fod ti'n meddwl 'i fod yn ddel,' ebe Hannah, a thynnu'i bysedd hir drwy'i gwallt i'w wthio oddi ar ei thalcen i ddangos ei thalcen tal. 'Ddim yn iach i chdi chwaith, 'nenwedig a chditha hefo gwallt coch. Cansyr gei di os na fyddi di'n ofalus, watsia di.'

'Dw i'n gwbod, er 'di o ddim fel tawn i'n mynd i Sbaen bob blwyddyn, nac yn debyg o neud.'

'Na.' Rhegodd Hannah am fod ei beic wedi taro carreg ar ochr y ffordd. Y Raleigh thri spîd henffasiwn roedd hi wedi ei etifeddu gan ryw hen fodryb i'w mam.

'Wel, wel, wel, drychwch pwy sy 'ma.' Ymddangosodd Wilias Bwtshiar yn nrws ei siop i ofyn iddi sut amser roedd hi wedi ei gael *overseas* efo'r blacs.

'*Great.*' Haws dweud celwydd na dweud y gwir.

'Siŵr o fod, *sweet sixteen*. Amsar gora dy fywyd 'di *sixteen*.'

'*Seventeen*,' cywirodd Hannah, ddim wedi arfer â'i ffyrdd.

'*Sweet sixteen never been kissed*. Braf ych byd chi, genod bach.'

'Lobyn,' meddai Hannah'n flin wrtho am dorri ar rediad y sgwrs a hitha eisiau siarad am helynt y briodas. 'Wyddost di be, ers talwm fasa chdi'n medru mynd â dyn i lys barn am *breach of promise* am neud y fath beth. Ma nhw'n dal i neud ym Merica, ran hynny. Er, fasa'n well gin i guddio'n hun yn tŷ am flwyddyn, na chyfadde i'r byd 'mod i 'di cal yn jiltio.' A sefyll i gael ei gwynt ati am fod gwthio'r beic i fyny'r allt yn waith mor galed.

'Fasa'n well i chdi hebddo.'

'Be? Heb y beic! Fasa'n well gin i fynd heb sgidia am 'y nhraed na heb yr hen feic. Weli di ddim llawer o rai fel hyn o gwmpas lle.'

'Ma gin Lowri Jôs sy'n byw lawr lôn un.'

'Be, Raleigh *three speed*?'

'Fedra i ddim deud be 'di 'i fêc o, ond mae o'n edrach reit debyg i mi.'

''Di o ddim byd tebyg, fetia i chdi unrhyw beth.'

Roeddyn nhw wedi cael y ddadl yma o'r blaen, felly calla dawo oedd hi. Ond dyna'r drwg efo Hannah, roedd hi'n mynnu cael y gair dwytha bob tro.

'Beic fel hyn yn rhoi cymeriad i chdi, sti. Ma isio gyts i fynd o gwmpas hefo hen howlath fel hwn.' A mwytho'r sêt fel tasa hi'n gath. 'Pobol yn troi'u penna i edrych bob man dw i'n mynd. Ffordd dda o gal sylw.'

'Dw i ddim isio sylw.'

'Paid â siarad yn wirion, pawb isio sylw.' A stopio unwaith eto, am fod gwydr ar y lôn, i weld oedd y teiars yn iawn, cyn mynd yn ei blaen. 'Fel hyn dw i'n 'i gweld hi, os na 'nei di dorri cýt rŵan 'nei di byth. Rŵan 'di'r adag i greu delwedd. Ti'n gwbod be 'di delwedd, siawns?' A mynd ymlaen i egluro 'run fath. 'Delwedd 'di'r llun ti isio'i gyfleu ohona chdi dy hun i'r byd. Dw i isio cal fy nabod fel rhywun sy'n wahanol, dipyn yn ecsentric. Dyna pam dw i'n mynd â'r beic efo fi i bob man. 'Neiff beic modern mo'r tro, ma gin bawb reini. Gosod ffasiwn ddim 'i ddilyn 'di'r gamp. Cal rhyw lun ohona chdi dy hun yn dy feddwl. Ac yna gwisgo a byhafio i ffitio'r llun. Er, wn i ddim sut ddelwedd ti'n obeithio'i gyfleu hefo dy liw haul.'

'Dim, dim, es i ddim allan o'n ffordd i gal lliw.'

'O! pigog. Ro'n i'n ama fod rhywbeth o'i le pan gerddist di allan drwy'r drws. Dy lygaid di'n llonydd, fel ma nhw weithia pan fydd rwbath yn bod. A dyna fi'n deud ar f'union wrtha i fy hun. "Ha, ha, 'di hi ddim 'di cal amser da".' Ac edrych arni i'w herio i wadu hynny. 'Dim ond tri peth fedar hynny'i olygu. Un, chest di ddim digon o gwsg. Dau, gest di ormod i'w yfed. Tri, gest di amser uffernol.'

A rhoi cic mewn boddhad i bedal y beic, wrth sylweddoli iddi daro'r hoelen ar ei phen.

'Est di ddim â digon o lyfra hefo chdi, mae'n siŵr. Fedrwn i ddim meddwl am fynd i gysgu'r nos heb fod gin i hannar dwsin o lyfra wrth 'y mhenelin.'

'Ches i ddim amsar i bacio 'nillad yn iawn heb sôn am lyfra.'

'Hy.' A stopio i danio sigarét. 'Ddeuda i un peth wrtha chdi, faswn i ddim yn mynd ar wylia ar y cyfandir tasa chdi'n talu i mi.'

'Ma'n dibynnu hefo pwy wyt ti, a lle ti'n mynd.' A'r cof am yr haul a'r môr yn ei suo nôl a mlaen ar ei li eisoes yn troi'n felys yn ei chof.

'Dw i'n gwbod am be dw i'n siarad.' A throi'r beic ben i lawr i archwilio'r teiars. 'Ro'n i'n arfar nıynd bob ha.'

'Be, fflïo i Sbaen?'

'Sbaen! Fflïo! Be haru chdi. Dydi dy ddosbarth canol di ddim yn fflïo. Teithio mewn carafán ma dy Gymry diwylliedig di, 'i thynnu hi fel malwen ar draws gwlad, portalŵ an ôl. 'I llusgo hi i Lydaw a Ffrainc er na fedran nhw ddim siarad yr iaith.' A rhoi bloedd am fod yr hyn roedd hi wedi ei amau'n wir, bod ganddi

27

slô pyncjar. Ac i wneud pethau'n waeth doedd ganddi ddim byd i'w drwsio.

'Dim amdani ond picio i siop Meic's Beics. Busnes delwedd ma'n costio'n ddrud.' A lledwenu i ddangos fod ganddi hiwmor wedi'r cwbl.

Ond cyn mynd roedd rhaid picio i barlwr Mr Soffti am ddau 99, a threfnu pryd i gyfarfod gweddill y criw.

'Rhaid i mi 'i throi hi am Kwiks wedyn,' meddai Gwenan, wrth weld yr amser yn mynd a chymaint i'w wneud cyn i'w mam ddod adre o'r gwaith.

'Kwiks!' ebe Hannah, a throi ei thrwyn. 'Byth yn mynd ar gyfyl y lle. Chwys y bobol sy'n siopa yno'n troi arna i.' A chodi'n lluddedig i fynd i siop Meic, y dyn diflasa'n y byd.

10

'*Silent, silent in court.*' Dolbiodd ei mam y bwrdd efo llwy bren i gael sylw, gan edrych braidd yn sigledig yn ei sgert fer a'i sgidiau sodlau uchel. 'Ma gin Mos rwbath i'w ddeud wrtha chi.'

Yr eiliad y clywodd Llinos enw Mos, cododd i fynd i'r gegin at ei thad oedd wrthi'n agor llond gwlad o boteli ac yn estyn caniau. Ni fyddai Gwenan ddim wedi gweld bai arni petai wedi cael sterics yn y fan a'r lle, yn enwedig gan ei bod wedi dweud wrth ei mam nad oedd hi ddim eisiau'i weld byth eto.

'Biti drosto fo, mae o'n unig,' meddai ei mam, wedi maddau ac anghofio'r cyfan. 'Wedi'r cwbwl, mae o'n perthyn.'

'Perthyn!' meddai Llinos â'i llygaid yn fflamio. 'Dw i'n teimlo'n nes at gath drws nesa, neu'r *Yorkshire Ripper* tasa hi'n dod i hynny.'

'Gin hwnnw fwy o ffans na ti'n feddwl,' meddai ei mam.

A rŵan llusgodd Mos ei hun yn drwsgwl o gadair freichiau ei thad a mynd i sefyll at ymyl ei mam. Chwaraeai efo'i fwstásh Errol Flynn fel petai o'r dyn dela, digrifa'n bod.

28

'Lil!' meddai, gan edrych ar ei mam yn edmygus er bod ei bronnau yn dangos rhwng botymau ei blows fel dwy dorth gron. 'Lil a ffrindia oll, dowch i mi'n gynta gal croesawu'r genod bach yn ôl o Sbaen.'

'Hogyn 'di cal 'i fagu'n yr Ysgol Sul,' meddai un o ffrindiau ei mam dan ei gwynt. 'Gobeithio na 'di o ddim am fynd ymlaen ac ymlaen.'

Ond ddaru o ddim, diolch i'r drefn: er y byddai hynny wedi bod yn well na'i glywed yn cyhoeddi ei fod am symud i'r dre i fyw wrth weld pawb mor glên a chyfeillgar. A'i fod wedi cael tŷ rhent bach handi dros ben yn Victoria Teras, pen arall y dre. A gobeithio y bydden nhw i gyd yn galw heibio am banad a sgwrs.

Ac i wrando ar y bonllefau o gymeradwyaeth doedd o ddim yn mynd i fod yn brin o gwmni am weddill ei oes.

Teimlai Gwenan yn ddig wrthyn nhw am ei swcro, ac aeth allan i'r ardd o'u sŵn: i newid oglau diod a smôc am oglau gwyddfid a phridd newydd ei droi. A mynd draw i bwyso ar y giât bach yng ngwaelod yr ardd oedd yn arwain i'r ffordd gefn, i wrando ar rwnian y traffic ymhell i ffwrdd, ac i weld pwy oedd o gwmpas 'radeg honno o'r nos.

Ond am mai noson waith oedd hi roedd pawb yn eu gwlâu; er fod goleuadau'n dal i gynnau a diffodd, wrth i fabi dorri ar yr heddwch neu i lyfr ddod i ben. Ac eiddigeddai wrthyn nhw eu gwlâu a'u cwsg wrth feddwl am y noson hwyr oedd o'i blaen yn disgwyl i bawb fynd adre ac i'r parti ddod i ben.

Rhoddodd sbonc nerfus wrth glywed sŵn troed ar y gro ar lwybr yr ardd.

'Llinos.' Yn nabod ei cherddediad wrth iddi nesu. A symud i wneud lle iddi yn ei hymyl ar bwys y giât.

'Be ti'n feddwl o'r parti?' Gwelodd y botel win yn ei llaw. 'Be ti'n feddwl o Mos yn symud 'ma i fyw?'

'Pam lai? *It's a free country.*' A dechrau tynnu petalau'r rhosyn mynydd a'u lluchio dan draed, cyn rhoi'r botel wrth ei cheg. Yna dweud fod ganddi flys mynd yn ôl i Bendiorm.

'Benidorm!'

'Digon o jobsys yno medda Juan, crefu am Saeson.'

'Cymry 'dan ni.'

29

'Paid â bod mor blentynnaidd 'nei di, 'dŷn nhw ddim yn gwbod y gwahaniaeth yn Sbaen.'

'Fasa chdi siŵr o laru mhen sbel.' Teimlai'n hiraethus yn barod, er nad oedd dim pendant wedi ei drefnu.

'Laru! Sut fedri di laru ar le mor braf? Sut fedri di laru ar haul a discos, a theithio ar sgwter heb helmet ar dy ben? A hogia del sy'n gwbod sut i drin genod, ddim fel y petha trwsgwl, ffwrdd â hi ffordd hyn.'

A phwyso ar y giât i ramantu am dreulio nosweithiau mewn cwch oedd wedi'i angori'n y bae: yn llymeitian gwin a nofio bob yn ail. Y môr fel yr awyr uwchben yn llawn sêr o'r goleuadau o'r *yachts* oedd o'u cwmpas ym mhobman. A miwsig lond yr awyr.

A thewi'n chwap pan ddaeth i sôn am Juan, yn sylweddoli iddi ddweud gormod yn barod am y Sbaen ramantus, hudolus, y Sbaen na chafodd Gwenan gyfle i'w gweld.

11

Wrthi'n cerdded adre o'r ysgol roeddan nhw pan welson nhw hers tad Deiniol wedi ei pharcio o flaen un o'r tai o'u blaen. A Deiniol yn camu allan yn edrych yn anghyffyrddus yn ei gôt ddu a'i drowsus pin streips.

'Busnes yn ffynnu.' Galwodd Hannah dros y stryd rhag iddo smalio nad oedd o wedi'u gweld. 'Pwy sy 'di cicio'r bwced tro 'ma?' A heb aros am ateb rhoi gorchymyn iddo fod yn *Y Llew* y noson honno, fod gan y criw rywbeth pwysig i'w drafod cyn troi at Gwenan i'w rhybuddio hithau i fod yno wrth ei synhwyro'n nogio.

Doedd dim calon ganddi i gyfaddef fod ei mam yn brin o bres, ar ôl gwario cymaint ar y briodas, y gwyliau a'r parti croeso'n ôl.

'Hwda,' meddai ei thad, pan glywodd y stori a gwthio'i fysedd trwchus i hen dun Ovaltine, lle cadwai'r pres a gâi am gynnyrch yr ardd. 'Hwda i chdi gal enjoio dy hun.' A rhoi pedair punt a phymtheg o geiniogau iddi, y cyfan oedd ganddo, nes peri iddi feddwl mai pres cydwybod oeddan nhw, ei ffordd o o gyfiawnhau cadw'r gyfrinach.

Byddai'n well ganddi fod wedi eu cadw i brynu'r ffrog ha efo streips ar hyd-ddi a welodd yn *Rainbow Colours* lle'r oedd Llinos yn gweithio. Ond roedd Rich yn mynnu bod pawb yn rhoi £3 yn y citi, am fod hynny'n ffordd well na phawb yn ymlwybro i'r bar drosto'i hun.

A wir ar ôl dau beint o Heineken dechreuodd ymlacio a mwynhau ei hun. A thynnu'r paced Marlboro o'i bag, y rhai roedd wedi bwriadu eu smocio ym mhriodas Llinos cyn i bethau fynd o chwith; a'u cynnig o gwmpas y bwrdd. A phawb ond Deiniol yn derbyn, er yn wfftio at ei chwaeth, am fod Mrs Thatcher yn gysylltiedig â'r cwmni ac yn ddynes ddrwg ddrwg.

'Tyd yn dy flaen.' Pwniodd Hannah Deiniol yn ei fraich. 'Taet ti'n cal dy alw allan heno nesa, fedar y marw ddim clwad ogla ar dy wynt.'

Doedd hynna ddim y peth clenia i'w ddweud ac yntau mor sensitif ynglŷn â'i swydd. Dyna pam symudodd Gwenan i eistedd yn ei ymyl a sôn wrtho am y daith i Manceinion efo John Chrysanths, rhag ei fod yn teimlo'n annifyr ac allan ohoni fel y byddai hi weithiau pan fyddai'r criw yn sôn am eu rhieni dosbarth-canol ac yn esgus rhedeg arnyn nhw er nad oedd ganddyn nhw ddim cyfrinachau cudd fel ei thad.

''Di hynna ddim byd,' medda fo. 'Cofio un tro iddo fynd i'r tŷ rong a gofyn i ŵr y tŷ gâi o fynd i fyny i'r llofft i fesur ei wraig.' A Gwenan yn torri allan i chwerthin dros lle.

''Dach chi'n gwrando, chi'ch dau?' Torrodd Hannah ar eu traws yn flin. ''Dan ni, Rich, Mei Bach, Dei a fi 'di penderfynu mynd i'r Steddfod am wsnos ddechra mis Awst. Be am y ddau *hyena*, ydach chi'n gêm?'

Ni allai Deiniol roi ateb ar ei ben, am fod yn rhaid iddo'n gynta ymgynghori â'i dad, i weld pryd y câi wyliau. A gwnaeth hithau ryw esgus digon tila rhag gorfod cyfaddef nad oedd ganddi bres,—dweud na fedra hi ddim diodda steddfodau, dim byd i ddweud wrthyn nhw rioed, yr holl blant bach da 'na yn canu ac adrodd, a siglo'u pennau ac yn edrych yn hŷn na'u hoed.

''Dan ni ddim yn sôn am steddfoda bach lleol a'r Urdd,' meddai Hannah uwchben y dwndwr. 'Ma'r Genedlaethol yn wahanol, hefo rhwbath ar gyfar pawb ac yn para deg diwrnod.' A mynd ymlaen i restru'r holl firi a'r hwyl, nes bod calon Gwenan yn suddo'n is ac yn is wrth feddwl am y partïon diddiwedd, y *raves*, *gigs* a nosweithiau di-gwsg.

''Runig beth 'dan ni isio 'di macs,' meddai Rich, oedd yn fab i gyfreithwyr, ac yn byw'n y tŷ mwya'n y dre.

'Dim problem,' meddai Hannah wedi rhag-weld pob rhwystr. 'Dw i 'di meddwl am ffordd o gal mynd i mewn am ddim: gweithio fel stiwardiaid yn y Babell Roc yn ystod y dydd, ac yna helpu'n y *gigs* gyda'r nos.'

'Cal lle i aros 'di'r broblem,' medda Dei Bach.

Ond roedd gan Hannah ateb i hynny hefyd. Fe gaen nhw aros yn y maes pebyll am ddim dim ond iddyn nhw helpu'n Y Gorlan am ryw awr neu ddwy bob dydd.

'Y Gorlan?' meddai Mei.

'Tent lle ma Efengýls yn gneud panad i'r rheini sy 'di meddwi; rhyw betha bach dan oed sy'n methu dal 'u diod.' A rhoi ochenaid fel athrawes o flaen dosbarth, wrth ddweud, 'Hynna 'di setlo ta.' Cyn gorchymyn Mei Bach i fynd i nôl chwaneg o ddiod i ddathlu'r achlysur.

'Rhywun yn dy nabod di wrth y bar,' medda fo wrth Gwenan pan ddaeth o'n ôl.

''Nabod i?'

'Dyna ddeudodd o, dyn bach digri, tebyca welist di rioed i ryw ffilm stâr 'di mynd yn rong. Mwstásh gynno fo, coesau cam, methu bod yn llonydd am eiliad.'

'*Nervous twitch* gynno fo,' meddai Deiniol.

'Gwrandwch pwy sy'n siarad,' meddai Rich, 'yr *expert* 'i hun ar *rigor mortis*.' Nes bod pawb yn torri allan i chwerthin, er na wydden nhw, ddim mwy na hithau, am beth oedd o'n sôn.

Cododd i fynd i'r tŷ bach rhag i Mos ddod draw i'w gyflwyno'i hun a datgelu cyfrinach ei mam.

12

'Wn i lle cei di bres i fynd i'r Steddfod,' meddai ei mam, fel roedd hi ar fin cychwyn allan am y ffactri.

'Lle?' Yn ddidaro, am nad oedd ganddi fawr o ffydd yn syniadau ei mam: yn enwedig ar ôl yr hyn ddigwyddodd y llynedd, pan addawodd i Ali Paci efo'i dyrban a'i ddillad rhad y byddai Gwenan yn barod i'w helpu o gwmpas marchnadoedd y cylch. Hithau'n methu â'i ddioddef am ei fod yn tynnu ar bob hogan mewn sgert ac yn drewi o aroglddarth rhad.

Ond roedd y syniad yma'n fwy gwallgo hyd yn oed na hynny.

'Dw i ddim yn mynd a dyna ben arni.' Lluchiodd y gwydr oedd yn ei llaw i'r llawr yn ei thempar.

'Gwatsia dy hun, llancas, ma'r gwallt coch 'na siŵr o dy arwain i drwbwl un o'r dyddia 'ma,' meddai ei mam a brysio i nôl yr hwfer rhag i rywun gael darn o wydr i'w draed: fel rhyw Meri Tyn Llwm fuo farw wedi i ddarn fynd yn syth i'w chalon a'i lladd.

'Dowch i mi neud.' Cymerodd Gwenan yr hwfer oddi arni rhag iddi fod yn hwyr yn y gwaith i fopio pawb efo stori'r gwydr a Meri Tyn Llwm, pwy bynnag oedd hi.

A rhywsut aeth y digwyddiad â'r gwynt o'i hwyl ac wedyn doedd fawr o flys ganddi i fynd i'r ysgol, er ei bod yn hapus yno mewn ffordd od. Roedd ysgol yn saff, a phawb yn gyfartal yn eu hiwnifform lwyd a gwyn. Dim ond pan fyddai Hannah a Rich yn rhefru am y dosbarth canol, eu rhagrith a'u gwendidau y teimlai allan o'i dyfnder. Ond roedd hi'n dysgu wrth wrando. Yn dysgu'r hyn ddysgodd ei thad iddi, mai trwy gau ceg ac agor clust yr oedd dod ymlaen yn y byd.

Ac wrth feddwl am ei thad, bu'n chwarae gyda'r syniad o bicio draw i'r garej i gwyno am ei mam: er mai gwastraff ar amser fyddai hynny, am na fyddai'n meiddio tynnu'n groes i'w mam: yn dal i ddotio arni er eu bod yn briod ers ugain mlynedd a mwy. A dyna beth oedd yn gwneud y gyfrinach a gadwai rhwng cloriau *The Spade and Hoe* yn amhosib i'w dallt.

Doedd dim gwerth gofyn i Llinos am gymorth: roedd hi'n llawn o'i helyntion ei hun. Penderfynodd fynd draw at yr afon i gael amser i feddwl ac i gael anghofio am syniad gwallgo'i mam.

Ond mae yna ben draw i'r amser fedrwch chi eistedd ar lan afon yn gwylio'r dŵr yn llifo a throelli tua'r môr; mae yna ben draw i luchio cerrig i styrbio'r pysgod o'u cuddfannau; a dyfalu o ble daeth y brigau a'r canghennau, y tuniau diod, papurau plastic a'r sbwriel di-ri: pan fo'r ddaear yn llaith a hithau i fod yn haf. A gwrando ar hen frain stwrllyd uwchben yn harthian a chrawcian yn ddi-daw. Twr o frain, twr o arian, meddai ei mam, oedd y person mwyaf ofergoelus yn y byd, er ei bod yn anodd meddwl sut fedra pethau mor hyll a swnllyd â brain ddŵad â lwc i neb. Trodd i edrych arnyn nhw'n chwyrn gan ewyllysio iddyn nhw fynd i ffwrdd am eu bod yn codi cur yn ei phen.

A daeth i'w chof ryw gân fyddai ei mam yn arfer ei chanu pan fyddai wedi cael jyst digon o ddiod i'w gwneud yn sentimental a chlên. Ni allai gofio'r geiriau'n iawn am eu bod yn rhy drist. Ond sôn yr oeddyn nhw am ryw ferch ifanc foddodd ei hun yn afon Dyfrdwy, am ei bod yn unig a neb ei heisiau'n yr holl fyd.

Ar adegau fel hyn teimlai ei bod yn nabod yr hogan honno'n well na neb yn y byd.

'Yn 'i dallt i'r dim.' Sgrechiodd ar y brain yn y canghennau uwchben, nes eu bod nhw'n tewi a hedfan i ffwrdd.

A rhywsut mi ddaeth hynny â hi ati'i hun. Cododd ar ei thraed yn drwsgl, wedi cyffio ar ôl bod yno cyhyd, a sychu'r mwswg oddi ar ei sgert cyn cychwyn yn ôl am y dre a phrysurdeb y ffyrdd.

'Lle ti'n mynd, *sweet sixteen*?' galwodd Wilias Bwtshiar, yn ei gwman yn cario carcas buwch o'r lorri i'r siop.

'Fasa chi'n synnu.' Yn methu meddwl am ateb gwell, am fod rhai cwestiynau ac atebion mor ddeddfol â *Rhodd Mam*.

Roedd gan Hannah theori ynglŷn â hynny. Diffyg dychymyg, diffyg gwreiddioldeb a diogi meddyliol gâi'r bai ganddi hi am bopeth. Dyna pam ei bod hi wastad yn meddwl am syniadau newydd, a phethau gwreiddiol i'w dweud: pethau nad oedd neb wedi meddwl amdanyn o'r blaen. A beth amdani hi, na chafodd syniad gwreiddiol yn ei byw? Da i ddim: mor ddi-

ddim â'r broc gâi ei gario gan yr afon i'r môr. Fel roedd hi'n tynnu'i hun yn grïai pwy gerddodd o siop y bwci â £15 yn ei law ond Mos.

'Dy fam yn deud dy fod ti'n dŵad draw wsnos nesa i roi help llaw i mi hefo'r tŷ,' medda fo, a sythu'i sgwyddau wrth ei fodd. 'Be am ddydd Llun? Dala i di'n iawn. *Lady Luck my one and only true love* yn gwenu arna i, ti'n gweld.' A dangos iddi y papurau oedd ganddo'n ei law.

A chyn iddi gael cyfle i ateb roedd o wedi troi ei gefn ac yn hercian i fyny'r stryd, a mwg y Risla'n chwifio fel cwmwl uwch ei ben.

Syllodd ar ei ôl. Ei ffawd wedi'i phennu rhyngddo fo a'i mam. A neb ganddi i gadw'i hochr ac i achub ei cham. Neb? Na, doedd hynny ddim yn hollol wir chwaith. Daeth syniad i'w meddwl. Ond wrth deimlo'r gwynt oer yn chwythu heibio'i sgert penderfynodd nad oedd yr amser wedi dod eto i roi'r cynllun hwnnw ar waith. 'Rhyw dro eto,' meddai. 'Crawc,' meddai'r frân ddu â'r plu gwyn yn ei chynffon a'i dilynodd o'r afon, 'crawc, crawc, crawc'.

13

Ei gwaith hi oedd tynnu'r llestri, y dillad gwlâu a'r trugareddau eraill o'r cistiau te, a chwilio am le iddyn nhw yn y cypyrddau a'r drôrs. A gwneud paned ugeiniau o weithiau'r dydd, am fod Mos yn cwyno fod paentio yn codi syched arno na fu rioed ffasiwn beth.

Byddai'n llawer gwell ganddi hi fod wedi cario ymlaen gyda'i gwaith na gorfod gwrando arno'n prepian ac athronyddu'n ddidor. Ond mynnai ei bod yn eistedd i lawr i wlychu'i llwnc, am mai 'run un oedd y tâl. £5 y dydd.

Dyna lle bydda fo wedyn yn rowlio sigarét efo'r peiriant bach pwrpasol a'i gwylio'n popian allan. A thanio matsien nes bod y papur yn fflamio am sbel cyn gafael yn y baco i fud losgi.

'Rhwbath tebyg i hynna 'di priodas,' medda fo. 'Fflama gwyllt i ddechra hefo hi, yna dim byd ond llwch.'

'Chwanag?' gofynnodd Gwenan. A chodi i gymryd mỳg te oddi arno, am nad oedd dim diddordeb ganddi yn ei syniadau am briodas.

'Stedda myn dyn, paid â bod ar gymaint o frys, neu troi'n dy unfan fyddi di am weddill dy oes. Hwda, rho'r cwshin 'ma dan dy din.'

A hwnnw mor denau, yn arbed dim ar ei phen-ôl wrth iddi eistedd ar y gist de.

'Dy fam yn deud wrtha i fod gin ti frên, bod chdi am fynd i'r colej. Briodis inna ddynas hefo brên. Titshar, BA tu ôl i'w henw. Fawr o beth rownd tŷ chwaith, dipyn o slebran os ti'n dallt. Hi, fel ti'n gwbod ma'n siŵr, oedd 'y nhrydedd wraig i.'

Llyncodd ei phoer, a theimlodd ei llygaid yn chwyddo'n ei phen mewn syndod: doedd hi rioed wedi cyfarfod neb oedd wedi priodi deirgwaith o'r blaen, dim ond mewn ffilmiau ac yn y *Mirror*, ffynhonnell gwybodaeth ei mam am ddrygioni'r byd.

'Dy fam, fel ti'n gwbod, oedd y gynta.' A dal ei llygaid nes ei bod yn cochi o'i phen i'w thraed. 'Hynny siŵr o fod 'di bod yn sioc i chdi a Llinos, chitha rioed 'di 'ngweld i—rioed 'di clwad amdana i o'r blaen. Ond ddim 'y mai i oedd hynny i gyd, cofia di. Dy fam isio torri cysylltiad yn llwyr er mwyn cal ailddechra go iawn. Finna 'di gwirioni ar fy rhyddid, yn cytuno â hi. Priodi rhy ifanc 'naethon ni, ti'n gweld.'

Ac estyn ei fỳg iddi am chwaneg o de am nad oedd dim blas i stori heb rywbeth i'w golchi i lawr. 'A rho joch o wisgi'n 'i lygad o tra ti wrthi a pheth i chdi dy hun.'

'Ddim diolch.'

'Hogan gall. Felna dechreuodd Menna Trwyn Cam: llymad i ddechra hefo hi i liniaru profedigaeth, llymad wedyn i gadw'n gynnas a chodi'r galon ar ôl siom. A'r llymad yn troi'n wydriad a'r gwydriad yn troi'n botel. A chyn i chdi wbod be oedd yn digwydd roedd y tŷ dan ei sang o boteli: dan y gwely a'r cadeiria, yn y sinc a'r twll dan grisia, nes doedd 'na ddim lle i droi.'

Edrychodd Gwenan ar ei wats a chymryd arni fod ganddi oed gyda'r deintydd, wedi laru clywed stori Menna Trwyn Cam.

'Cymraeg da gin ti,' medda fo, ''nunion fel y mysus; honno fuo'n y colej yn cal BA.'

14

'Mam.' Magodd blwc o'r diwedd i ofyn yr hyn oedd ar ei meddwl. 'Mam, oedda chi'n gwbod fod Mos 'di priodi dair gwaith?'

'Ti'n gofyn rhwbath rŵan.' Yn dangos mwy o ddiddordeb yn ei smwddio nag yn y cwestiwn am ei bod newydd ddeifio coler rhyw grys, oedd yn ddigon hen i'w luchio i'r bin. 'Dw i'n cofio rŵan wedi i chdi sôn am y peth.'

'Ia, ond oedda chi'n gwbod cynt?' Yn benderfynol o gael y maen i'r wal.

'Ella 'mod i, a falla nad o'n i ddim. Be 'di'r ots?' A rhoi hergwd i'r hetar yn flin. 'Dy dad oedd isio'i wadd o i'r briodas i chdi gal dallt. Fo oedd isio gneud petha'n iawn: fo 'di'r un meddal yn y tŷ 'ma.'

Ond dim ond hanner y gwir oedd hynny. Nid ei thad ddaru hudo Mos i fyw'n y dre. Nid fo ddaru'i wadd o i'r parti croeso'n ôl o Sbaen. Nid ei thad roddodd y cadeiriau *vinyl* gwyrdd, oedd yn dyllau ac yn drewi o faco, iddo eistedd o flaen y tân. Doedd ganddo ddim diddordeb ym Mos.

'Mos?' medda fo a chrafu'i ben pan ofynnodd hi iddo beth oedd o'n ei feddwl ohono'r dydd o'r blaen. ''Di o fawr o arddwr tasa ti'n gofyn i mi. Ti 'di gweld 'i ardd gefn o? Anialwch llwyr, chwyn hyd at dy glunia di. Ddeudis i y baswn i'n mynd draw i'w helpu i roi trefn ar y lle tasa fo'n cal gafal mewn pladur.'

Gardd, gardd, gardd, dim byd ond gardd, o fore gwyn tan nos, fel petai o am garthu'i gydwybod a'i gladdu yn y pridd. Ond roedd hynny'n well na cholli ei limpyn fel y gwnaeth Llinos wedi iddi ofyn ei barn hi am Mos pan oeddyn nhw'n sipian fodca ac oren wrth hedfan dros y *Pyrenees* i Sbaen.

37

'Mos,' medda hi gan lusgo'r enw i bawb gael ei chlywed.
'Pam fod rhaid i chdi gael sôn am hwnnw o bawb? Gas gin i o
â chas perffaith. Methu diodda'i hen wep o. Mam oedd isio'i
wadd o i'r briodas. Ac i be?' Doedd o'n golygu dim byd iddi hi.
Roedd hi'n hapusach cyn clywed am ei fodolaeth. A synnai hi
ddim nad fo roddodd hwdw ar y briodas. 'Dyna sut fath o ddyn
ydi o, fo â'i lygaid *Chinese*.'

'Drycha,' meddai Llinos. A phwyntio at ei thrwyn, ei llygaid
a siâp ei phen i ddangos mor debyg oedd hi i Tom, y tad oedd
wedi ei magu a'i chynnal o'r crud. 'Fo, ddim Mos, 'di 'nhad i,
wath gin i be ddeudith neb. Sut fedra rhyw geiliog dandi hefo
mwstásh fod yn dad i mi?' A'i rhybuddio i beidio yngan ei enw
o hyn ymlaen.

Ond sut oedd gobaith iddi gadw'i gair ac yntau wedi symud
i fyw i'r dre? A hithau rêl bradwr yn ei helpu i roi trefn ar ei dŷ,
er mwyn deg darn ar hugain i fynd i'r Steddfod er nad oedd un
o'i thraed eisiau mynd.

15

Canodd rhywun gorn tu cefn iddi a brecio'n swnllyd nes ei
dychryn drwy'i chroen. Trodd ei phen i guchio ar y gyrrwr, a
synnu gweld yr Hackney Cab. A Wayne yn rhoi ei ben draen-
ogaidd heibio'r ffenest i ofyn iddi oedd hi eisiau lifft.

'Ddim diolch, jyst picio i'r siop.' Rhag ofn ei fod yn disgwyl
tâl, a'i phres hi mor brin.

'A' i â chdi, 'di shifft nesa ddim yn dechra tan dri.'

Un droed yn mynd a'r llall yn peidio oedd hi, a rhyw fagned
fel petai'n ei thynnu ymlaen.

'Sêt gefn,' medda fo, wrth ei gweld yn nelu am y ffrynt. 'Lle
ti isio mynd? Kwiks, Safeways, Leos?'

'Nunlla,' er fod ganddi fag neges yn ei llaw.

'Reit dda, fedra i ddim deud wrtha chdi gymint dw i'n casáu
y *donkey ride*: 'di cal llond bol ar fynd â phobol i siopa, a'u gweld
nhw'n gwirioni fel tasa nhw'n mynd i *amusement park*.'

A gyrru'n boenus o araf er eu bod nhw allan o'r dre, er mwyn dangos iddi beth oedd o'n gorfod ei ddiodda wrth yrru hen begors o gwmpas y lle. 'Damia nhw, yn gweiddi ''Watsiwch hyn, watsiwch llall''. Ofn trwy tinna gal eu lladd, fel tasa nhw isio byw am byth a gorffen eu hoes yn driblan a chwyno mewn congl dywyll mewn rhyw *home.'*

Nid hen bobol yn unig oedd yn mynd o dan ei groen. Roedd y spîdcops fel pla, yn cuddio ym mhob twll a chilfach, yn barod i ddirwyo pawb. Heb ddallt fod gyrru tacsi yr un mor bwysig â gyrru injan dân ac ambiwlans: am fod rhywun byth a hefyd eisiau dal trên, bỳs, neu ruthro at wely angau.

A'r gwely angau am ryw reswm yn ei atgoffa o ddydd priodas Llinos: pan oedd y stad wedi ei phlastro'n hyll efo baneri a phosteri Saesneg di-chwaeth.

'Fuo 'na ddim priodas, sti,' meddai Gwenan, 'ddaru Harri ddim troi i fyny.'

'Tyff,' a rhoi ei droed ar y petrol, fel petai wrth ei fodd, wedi iddo gael y ffordd yn glir.

'Llinos ddim yn malio, ma hi'n well allan hebddo.' Rhag ofn iddo feddwl ei bod yn torri ei chalon.

''Di cal cariad arall, mwn.'

'Mwy o hwyl mynd allan hefo'r genod, medda hi.'

'Genod!' A throi rownd er ei fod yn pasio lorri anferth ar ffordd ddigon cul. 'Lle cafodd hi afal ynyn nhw? *Caernarfon and Denbigh?'*

'*Caernarfon and Denbigh!'* Yn methu dallt am beth oedd o'n sôn.

'Fanno ma pawb yn chwilio am bardnars y dyddia 'ma. Hogia'n chwilio am hogia a genod yn chwilio am genod. Llond *page* a hannar yn adferteisio am gariadon fel tasa nhw'n chwilio am waith. Ddim yn ffysi, 'neiff rhywun rywun y tro. Cario dau'n yr Hackney ryw fis yn ôl. Tacla digywilydd, caru fel tasa nhw mewn ffilm. Ond i lawr cawson nhw fynd, nhw â'u hen lol.'

A chodi ei ddau fys ar y gyrrwr yn y car tu cefn am fod hwnnw wedi canu'i gorn arno am iddo ei basio rownd tro. Yna troi i'r chwith oddi ar y ffordd fawr i fyny allt oedd wedi ei hamgylchynu â choed pin nes bod yr Hackney'n tuchan a bygwth nogio, er mai'r lorri o'u blaena gâi'r bai am eu dal yn ôl.

Ond dyna ddod i dop yr allt o'r diwedd, a mynyddoedd Sir Gaernarfon yn agor o'u blaen a'r bythynnod bach gwyngalchog â'r haul yn wincio ar eu ffenestri.

'Del,' meddai hi gan obeithio y byddai'n stopio iddi gael gweld yn iawn.

Ond heibio i'r bythynnod yr aethon nhw, heibio i'r blodau bob lliw a'r gerddi bach, heibio i'r afon a droellai drwy'r creigiau, heibio i'r capel a'r chwarel ar gau. A dod cyn hir at arwyddbost oedd yn dangos Rhosgadfan.

'Rhosgadfan,' meddai hi wedi cynhyrfu drwyddi. 'Lle ma cartra Kate Roberts, sgwn i?'

'Be ddiawl ti feddwl dw i? *Estate Agent*?' A'i rhybuddio i ddal ei gafael yn dynn, mai lawr allt oedd hi'r holl ffordd o hyn ymlaen. A'r Hackney Cab yn sugno'r ffordd i'w ymysgaroedd fel neidr fawr, gan fynd â'i gwynt oddi arni, fel nad oedd ganddi galon i ofyn ai hon oedd y Lôn Wen. Y lôn roedd Winni Ffini Hadog am ddianc ar hyd-ddi i Lundain bell i weini ar y cwîn.

Yna heb air o rybudd breciodd yn stond wrth i BMW gwyn ddod i'w hwynebu. 'Seuson, da damia nhw, meddwl ma nhw pia pob man,' medda fo gan wneud arwydd ar y gyrrwr i fagio'n ôl. 'Dos, dos. Symud, y cŷth.' Cododd ei ddwrn yn chwyrn. 'Isio rhoi bom dan y diawliaid sy. Chwythu'r tacla'n ddarna mân, nhw a'u ceir posh a'u tai ha.' Roedd y chwys yn powlio oddi ar ei sbectols, wrth iddo wthio'r BMW yn y ffos. 'Wst ti be?—mi rown i rwbath am gal cyfarfod Meibion Glyndŵr. Os wyt ti'n nabod un ohonyn nhw, cofia ddeud bod Wayne yn barod i helpu unrhyw adag, dydd neu nos, dim ots prun. Deud yr a' i â nhw i rwla ma nhw isio mynd, yn rhad ac am ddim.'

'Iawn.' Rhywbeth er mwyn cau ei geg a chael dychwelyd i'r ffordd fawr, lle roedd digon o le iddo roi ei droed i lawr.

'Wyddost ti be?' medda fo eto cyn stopio o flaen Kwiks er mwyn iddi hi gael gwneud neges i'w mam. 'Dw i'n meddwl y medra i dy drystio di.'

'Diolch.' Derbyniodd hynny fel compliment er na wyddai ddim pam, ac er nad oedd o ddim hanner call.

16

Roedd yr haul yn tywynnu a'r awyr yn ddigwmwl, a sŵn plant a phobl yn chwarae a photsian yn y gerddi cyfagos. A chath drilliw yn ymlwybro drwy'r gwair uchel yn yr ardd gefn, a dim ond blaen ei chynffon i'w weld wrth iddi chwilio am brae.

'Lecio anifeiliaid, 'chan,' meddai Mos, yn eistedd ar hen gadair ysgol y daeth o hyd iddi'n y dỳmp, wrth i'w lygaid ddilyn symudiadau'r gath drilliw. 'Fuo gin i ast fach unwaith, mwngral, *cross* rhwng ci defaid a *retriever*, du a gwyn, y peth dela welist di rioed. Call hefyd, callach na sawl un. A ffeind, bois bach, fedra chdi roi dy law yn 'i cheg hi pan oedd hi ar drengi isio bwyd.' Llowciodd waelodion ei de nes bod dail yn glynu ar ei wefus isa. 'Marw o *heart attack*, 'chan, dw i'n siŵr na chlywist di rioed am hynny'n digwydd o'r blaen?'

Ysgydwodd Gwenan ei phen yn eitha bodlon eistedd ar garreg y drws, yn gwrando arno'n mynd drwy'i betha, wrth deimlo'r haul ar ei hwyneb a su'r gwenyn yn y blodau gwyllt.

'Deud i mi rŵan, 'r hen hogan, faint 'nei di?' medda fo am nad oedd dim golwg bellach o'r gath.

'*Seventeen*.' Atebodd yn gyndyn am nad oedd hi'n hoffi ei ffordd o ofyn.

'Dwy ar bymthag, 'run oed â Lil dy fam pan gwrddon ni. Gwallt du fel y frân gynni radag honno, gweithio'n y *Co-op*, finna'n cario i *Morris & Co*, galw bob wsnos, gneud yn siŵr 'mod i'n cal gair bach hefo hi. Siapus, bois bach, anghofia am dy Madonnas a dy Marilyn Monroes, doeddan nhw ddim *patch* i dy fam yn 'i *skinny rib* a'i *high heels three inch*.'

Yna tewi am fod y gath drilliw newydd ymddangos o ganol y drysni â llygoden yn ei cheg, a rhyw olwg slei fuddugoliaethus yn ei llygaid, oedd yn ei hatgoffa o Harri pan roddodd hi *The Sailors Return* iddo'n ôl.

'*Beehive* gynni hi, 'chan,' medda fo ar ôl gorffen mwytho'r gath, 'sglyfath o beth, *laquer*, sticio'n dy fodia di, bob gafal. Ond jyst y job i foto beic. Cyrradd pob man ar yr *Harley Davidson* heb flewyn o'i le. Finna wrth 'y modd cal 'i dangos hi i bawb. Gwirioni gormod, elli fentro, a chyn i ni gal cyfla i ddod i nabod yn gilydd yn iawn roedd gynni hi fynsan yn y popty, myn dialan i.'

Anesmwythodd Gwenan am yr eildro wrth i'w ddull o siarad fynd dan ei chroen, a phenderfynu y câi Miss Eirlys Hopcyn, ei hathrawes Gymraeg, gadw ei dywediadau blas y pridd iddi ei hun, os mai pethau fel hyn oeddyn nhw.

'Wath i chdi heb â gneud gwep,' medda fo, 'roeddan ni'n ddiniwad iawn y dyddia hynny, ddim fath â chi heddiw yn gwbod bob peth, a condom ymhob pocad ac ar bob silff a thoilet drwy'r wlad a phawb yn deud *well done*.'

Cododd i fynd i'r tŷ i gario mlaen efo'i gwaith, am fod y gair condom yn ei hatgoffa o Sbaen, a Juan seimllyd yn llusgo Llinos allan bob nos i lymeitian gwin mewn cwch rhwyfo pan oedd y goleuadau o'r cychod a'r gwestai ar y lan fel sêr wedi syrthio i'r môr.

Dechreuodd ddidoli'r llestri i'w rhoi'n y cypyrddau priodol. Trefn, dyna i gyd oedd eisiau. Trefn, er nad oedd fawr o drefn ar ddim wedi iddi ddod yn ôl o Sbaen, ac i Llinos ddechrau peidio dod adre'r nos i gysgu'n ei gwely ei hun.

17

'Rhosgadfan! Kate Roberts!' Ysgydwodd Hannah ei phen yn methu credu ei chlustiau, wrth reidio'r beic, mor ara ag oedd bosib heb syrthio oddi ar ei gefn, wrth iddyn nhw fynd draw at yr afon am dro. 'Ti rioed yn deud wrtha i fod dreifar tacsi 'di mynd â chdi'r holl ffordd i Rosgadfan am ddim? Oedd 'na rywun arall yn y car hefo chi?'

'Na.' A cheisio ymddangos yn ddi-hid, fel petai pethau felly'n digwydd iddi bob dydd.

'Sut ofynnodd o i chdi fynd hefo fo?' A neidio oddi ar y beic er mwyn medru canolbwyntio'n iawn. 'Jyst dy stopio di ar y stryd felna, a gofyn oedda chdi isio picio draw i Rosgadfan am dro?'

'Ddim yn hollol.' Gadawodd i'w llygaid ddilyn hynt yr hwyaid gwylltion oedd yn hedfan uwchben. 'Roeddan ni'n nabod yn gilydd o'r blaen.'

'O!' A lluchio'i phen yn ôl yn flin. 'Dyma'r tro cynta i ti sôn wrtha i am y peth. Ydi o 'di priodi?'

'Faswn i ddim yn meddwl rywsut. 'Di o ddim llawer hŷn na fi.'

'Hy, ti'n swnio fel tasa chdi mewn cariad hefo fo. Y tro nesa gwela i di, fyddi di'n deud eich bod chi'n canlyn. Ti jyst y teip i wirioni'i phen hefo'r hogyn cynta sy'n cymryd sylw ohona chdi.'

'Paid â bod yn wirion. Fasa chdi ddim yn deud y fath beth tasa ti'n 'i weld o. Ma fo'r un fath yn union â'r cartŵn o'r draenog hwnnw hefo sbectols ar flaen ei drwyn.'

''Di o'n drewi hefyd?' Lluchiodd garreg i'r dŵr i symud tipyn ar y pysgod, a gofyn dros ei hysgwydd: 'Fuoch chi yng Nghae'r Gors?'

'Y tro nesa. Doedd gynno fo ddim amsar.'

'Welist di'r gofeb, ta?'

'Cofeb?'

'Oes rhaid i chdi gal ailadrodd bob peth? Y gofeb ma nhw 'di'i chodi i Kate Roberts ar y Lôn Wen. Roeddwn i yno pan oeddan nhw'n 'i dadorchuddio hi, sti.' Ei gwallt golau meddal yn sgleinio'n yr haul wrth iddi wyro'i phen. 'Pawb yn 'i galw hi'n frenhines ein llên, yn deud mai hi 'di'r awdures ora welodd Cymru rioed.' A rhoi ebychiad hir. 'Reit, falla 'u bod nhw'n iawn. Ond ddeuda i un peth wrtha chdi, doedd hi'n gwbod dim byd am fywyd y mans. Dim 'di dim. Wel, sut oedd bosib iddi a hitha ddim 'di byw mewn un?'

'Tynnu ar 'i dychymyg oedd hi, siŵr o fod.'

'Dw i'n ama pobol sy'n dibynnu gormod ar 'u dychymyg ac yn sgwennu am brofiada ail-law. Gneud i chdi feddwl fod ganddyn nhw rwbath i'w guddio. Dychymyg yn iawn yn 'i le, ond rhaid i chdi gal profiad hefyd. Ei deimlo fo'n fan hyn.' A rhoi ei dwrn ar ei chalon. A gloywi drwyddi wrth feddwl am y dydd pan ddeuai hi i sgwennu *exposé* ar deulu'r mans. Nofel gyfoes ddiflewyn ar dafod fyddai'n trin pobol o gig a gwaed:

43

nofel fyddai'n cwmpasu eu rhinweddau a'u ffaeleddau i gyflwyno darlun llawn.

'A fydd neb yn fy nofel i'n gneud teisenna i ryw Moes a Phryn; neb yn mynd i ysbyty'r meddwl am fod rhyw hen bobol bach bitw yn 'u cal nhw i lawr. Na hen blant bach neis neis, ych a fi, yn galw tada a mama ar 'u rhieni. Nofel yn null *magic realism*. Ti 'di clwad am *magic realism*, yn do?'

Doedd Gwenan ddim yn teimlo fel trafod llenyddiaeth â'r haul ar ei gwar.

'Mae o'n ddull arbennig o dda i rywun ifanc ddeudwn i: 'nenwedig i rywun fel fi sy'n byw'n y mans. Gin ti'r holl elfenna angenrheidiol yn y capel a'r fynwant. Y petha sy'n cynrychioli'r gothic a'r goruwchnaturiol.' Ysgydwodd ei phen mewn anobaith am fod Gwenan wedi cael ei llygad-dynnu gan haid o lyffantod yn ymlwybro i gyfeiriad yr afon. 'A fi, fi, ydi'r un sy'n mynd i greu'r cythrwfwl a gadael hafoc ar fy ôl, wrth i'r nwyda danio fel sy'n digwydd i'r hogan yn *The Company of Wolves*.' A brathu'i gwefl isa mewn penbleth, am y dylai hynny fod wedi digwydd ers blynyddoedd pan oedd o gwmpas y deuddeg i bedair ar ddeg.

'Falla'n bod ni chydig ar 'i hôl hi ffordd hyn,' meddai Gwenan, i smalio dangos diddordeb. 'Falla mai i ddwâd mae o.'

'"Disgwyl petha gwych i ddyfod" . . . Emyn,' eglurodd Hannah rhag i Gwenan feddwl mai hi oedd pia'r fath rwtj. 'Dim byd yn digwydd, dyna'r drwg. Dim un Sacheus yn cuddio'n y goeden 'na uwchben. Pisyn, pisyn go iawn, ddim rhyw lipryn sy isio cal gwared â'i bechoda, ond rhywun i yrru iasa fel pistyll drwy dy gorff.' Roedd hi'n bryd iddyn nhw weithredu cyn iddi fynd yn rhy hwyr, cyn i'w rhieni a'u hathrawon eu llunio ar eu llun a'u delw nhw eu hun. Lapiodd ei breichiau'n dynn amdani. Ni allai feddwl am dynged waeth na honno yn y byd crwn i gyd.

Ocheneidiodd Gwenan yn eiddigeddus, am y byddai'n newid poen efo hi unrhyw ddydd, o gofio am gyfrinach ei thad.

44

18

Y noson honno, pan oedd hi ynghanol breuddwyd lle gwelai hi
ei hun a Hannah'n hofran fel hanner angylion hanner ystlumod,
deffrowyd hi gan rywun yn gafael yn ei hysgwydd i'w deffro. Ac
er ei bod yn nabod y llais, doedd hi ddim yn barod i ddeffro.
Trodd at y pared a thynnu'r cwilt dros ei phen.

'Gwen, deffra'r munud 'ma, gin i isio gair hefo chdi.'
Gafaelodd eto yn ei hysgwydd a'i hysgwyd.

'Isio cysgu . . . isio llonydd.'

'Bydd ddistaw, neu mi fyddi di'n siŵr o ddeffro Mam a Dad.'
Roedd oglau cwrw a sigaréts ar ei gwynt. 'Ti ddim yn digwydd
nabod rhywun sy'n dreifio tacsi?'

'Tacsi? Pam ti isio tacsi?' Deffrôdd drwyddi wrth ddychmygu
bod rhywun wedi cael ei drywanu neu'i fod o'n gorwedd yn
feddw gaib ar stepan y drws. Ffrindiau felly oedd gan Llinos y
dyddiau hyn, ar ôl dychwelyd o Sbaen.

'Dw i ddim isio tacsi'r gwirion. Gofyn i chdi oedda chdi'n
nabod rhywun sy'n dreifio tacsi 'nes i.'

'Aros, ma gin i gardyn yn rhwla.' Cododd ar ei heistedd.

'Chdi a dy gardyn.' A rhoi hwyth iddi'n ôl. 'Trïa ddallt, 'nei
di. Holi am y dreifar dw i, rhyw hogyn hefo lot o blorod ar 'i war
a phen fel twrch a sbectols am 'i drwyn. Yn dreifio tacsi hen-
ffasiwn.'

'Wayne, ti'n feddwl?' Cododd ar ei heistedd unwaith eto.

''Nes i ddim gofyn 'i enw fo'r gwirion. Roedd yn ddigon i mi
ddal 'y ngafal yn y sêt a fynta'n gyrru fel tasa fo'n *Brands Hatch*,
ddim chwarter call, nytar go iawn.'

'Nytar?'

'Boncyrs, ddim ffit i fod ar lôn, cymryd dim sylw o'r *traffic
lights*, mynd rownd *round abouts* yn top gêr, a dreifio fyny'r stad
'ma heb ola. Dim ond lwcus na chafodd neb 'i ladd, ddeuda i.'

'Chaetha neb, siŵr: neb allan radag 'ma o'r nos.'

'Ro'n i allan, 'di pawb ddim yn clwydo'n gynnar fath â hen
iâr. Rhai ohona ni hefo petha gwell i'w gneud. A beth bynnag,
mae o'n torri'r gyfraith, i chdi gal dallt. Addo i mi na ei di byth

hefo fo'n y tacsi 'na eto? Addo? Addo, rhag i chdi gal dy hun mewn trwbwl dros dy ben. Yn gonar go iawn. OK?'

Dim byd haws na dweud *OK*; dim llaw ar y Beibl na thyngu llw. Gair bach handi ar gyfer pob achlysur.

'Iawn, OK.' Er nad oedd Llinos yn ffit i roi cyngor i neb ar ôl beth ddigwyddodd yn Sbaen.

Ac fel petai hynny ddim yn ddigon roedd Hannah wedi ei gweld yn cerdded allan o'r *Crown* efo Harri un noson, a golwg ar y ddau fel petaen nhw wedi bod yng ngyddfau ei gilydd drwy'r nos. Ond un am orliwio fuo Hannah erioed, eisiau gwneud drama o bopeth.

'Dw i'n poeni amdana chdi, ti'n gweld.' Plygodd Llinos yn nes er mwyn tynnu ei bysedd chwyslyd dros dalcen Gwenan a thrwy ei gwallt. 'Fy chwaer fach i.'

A hynny mor annisgwyl nes tynnu dŵr o'i llygaid a lwmp i'w gwddw: am nad oes dim byd brafiach na chlywed eich chwaer yn dweud ei bod yn poeni amdanoch chi.

Syrthiodd yn ôl i gysgu â gwên ar ei hwyneb.

19

Cwynai Mos fod ganddo gur yn ei ben ar ôl bod allan yn llymeitian y noson cynt, yn *Y Cow*, ar ôl ennill ugain punt ar y jî-jîs. Doedd o ddim wedi bwriadu aros a fydda 'run o'i draed o wedi mynd ar y cyfyl heblaw ei fod wedi rhedeg allan o ffags. A fedra fo ddim meddwl am fynd drwy'r nos heb 'run; am ei fod yn deffro'n ddi-ffael bob bore am bedwar o'r gloch yn ysu am sigarét. Ha a gaea, ar y dot, doedd dim gwahaniaeth prun.

'Doedd Glen fy ail wraig ddim yn smocio, sti,' medda fo, wrthi'n magu'i ben yn y gadair *vinyl* werdd. 'Un dda oedd Glen, f'atgoffa i o Mam, 'chan.' Plygodd i lawr i gael gweld y geriach roedd hi wedi eu tynnu o'r cistiau te.

Dim byd o werth, gellwch fentro, lot o linynnau, crysau wedi breuo, hen dronsau, llestri llawn craciau ac wedi colli eu lliw, tuniau paent ar eu hanner, brwshys, tuniau Cocoa, Ovaltine, a chant a mil o bethau oedd yn da i ddim ond i'w lluchio i'r bin.

'Un dda oedd Mam, fforddiol dros ben, ofn neb na dim. Cofio hi'n dŵad i'r ysgol, 'chan, a rhoi cwrbitsh i'r sgŵlmastar am iddo roi cansan i'w hogyn bach nes bod 'i din yn biws.' A chwerthin wrth gofio fel roedd hi wedi gafael yng ngholer ei gôt a'i fygwth, ar ei pheth mawr, o flaen y dosbarth, y byddai o'n gonar, wedi *went* os na chadwai 'i hen fodiau iddo'i hun.

Lluchiodd Gwenan sana drewllyd i'r bag plastic du, yn methu dallt pam roedd pobol yn eu hoed a'u hamser eisiau sôn am eu neiniau a'u mamau o hyd. Ac i wneud pethau'n waeth roedd stori Mos fel arfer ar hyd ac ar led: rhyw bytiau o atgofion, a dim byd yn llawn, dim digwyddiad yn rhedeg yn naturiol o un i'r llall.

Sangiadau oedd yr enw ar hynny yn ôl Miss Eirlys Hopcyn, wrth bwysleisio'r pwysigrwydd o gynllunio stori'n drylwyr cyn ei sgwennu i lawr. 'Dyna'r unig ffordd i ysgrifennu'n glir a da,' ebe hi, 'oherwydd does dim byd gwaeth na sangiadau. Dim byd sy'n mynd ar nerfau'r darllenydd yn fwy.'

Ond doedd Ken Morris, yr athro Saesneg, ddim yn cytuno â hi: llais dwys ganddo fo a wyneb fel Jeremy Irons, yn gwneud i chi fod eisiau ei gysuro a chytuno efo fo ar bob peth a phob dim.

'Dyw stori dda byth yn syml, yn dilyn yn rhesymegol o un digwyddiad i'r llall,' medda fo, 'mae fel coeden yn canghennu i bob man. Hyn sy'n rhoi ffurf a lliw iddi, ond y boncyff sy'n ei chynnal, a'r gwreiddiau roddodd iddi fod. Eto anaml y byddwn yn syllu mewn rhyfeddod ar y boncyff, nac yn codi'r gwreiddiau i gael golwg arnyn nhw. Y canghennau cordeddog a'r dail cywrain sy'n mynd â'n bryd.'

Digon hawdd iddo fo siarad, doedd o rioed wedi gorfod gwrando ar Mos yn mynd drwy'i bethau.

'Dyna 'nghamgymeriad i, ti'n gweld,' medda fo'n dal i baldaruo. 'Ddyla neb briodi rhywun sy'n 'i atgoffa fo o'i fam; dim ots tasa hi'n angal o'r ne', yn Greta Garbo, Lizabeth Taylor a Prinses Di 'di'u rowlio'n un.'

'Gymrwch chi banad?' Er mwyn cael dianc i'r gegin o'i sŵn, ac i feddwl mwy am Ken Morris a'r hyn oedd ganddo fo i'w ddweud.

'*Champion*, hogan, fasa panad reit dda, clirio dipyn ar yr hen ben 'ma.'

Er nad oedd y cur yn ei rwystro rhag siarad fel melin bupur.

'Lle roeddwn i, dŵad?' holodd yn syth bin wedi iddi ddod yn ôl.

'Hefo'ch ail wraig.' Yn lle'i fod o'n dechrau paldaruo eto am ei fam.

'Ti'n iawn, co' da gin ti: deud roeddwn i, cymaint o gam-gymeriad 'di priodi rhywun sy'n dy atgoffa o dy fam. Siort ora i olchi dy ddillad a gneud bwyd, ond da i ddim yn gwely os ti'n dallt.' A syllu i fyw ei llygaid i wneud yn siŵr nad oedd yn colli'r un gair. 'Dyna'r lle dwytha ti isio cal dy atgoffa o dy fam.'

Hithau'n rhoi ei phen o'r golwg yn y gist yn lle'i fod o'n gweld ei gwrid: yn meddwl y byddai'n well ganddi heb ei hen bres na gwrando arno'n manylu am ei fywyd personol, am nad oedd hynny ddim yn beth neis iawn i'w wneud â rhywun nad oedd yn ei nabod yn dda.

'Be 'di hyn?' medda fo wrth iddi luchio'r cynnwys o gwmpas ei thraed. A gwirioni am ei fod wedi dod o hyd i soser lwch bres. 'Syndod fod gin 'rhen frenin George wynab ar ôl 'di i Glen llnau cymint arno fo. Brasys oedd 'i phetha hi, ti'n gweld, llenwi'r tŷ o'r top i'r gwaelod hefo nhw, ar ôl i ryw jipsi ddeud y bydda fo'n dŵad â lwc iddi. A fel tasa hynny ddim yn ddigon, myn dialan i dyna hi'n cynnig llnau rhai'r eglwys. Iawn, siort ora os oedd o'n 'i gneud hi'n hapus. Ond y groes oedd y drwg. Clamp o beth, 'run seis yn union â honno gafodd Iesu Grist 'i groeshoelio arni, meddan nhw i mi.' A chraffu i'r gwagle, cyn troi i edrych arni hi â llygaid mawr syn. 'Wsti be, anodd gin i gredu fod y ficar wedi disgwyl iddi ddringo i'w phen hi.'

'I'w phen hi!'

'Reit i'r top ucha un. Yna colli gafal a syrthio'n glewt i'r llawr.'

'I'r llawr!' Fel rhyw garreg ateb o hyd ac o hyd.

'Wyddost di be ddeudodd y ficar? Deud 'i bod hi 'di cal marw 'run ffordd yn union â'i Gwaredwr ar y groes.'

'Am beth ofnadwy i'w ddeud.'

Ond doedd o ddim yn gwrando: roedd yn ôl efo'r groes a Glen, ei ail wraig. A geiriau'r ficar oedd i fod yn gysur i gyd.

A chododd o mo'i ben am weddill y bore, ddim i ofyn am baned na hynt y gath drilliw na dim. Ond fel roedd hi'n gadael ar flaena'i thraed, dyna fo'n galw ar ei hôl. 'Deud wrth Llinos y baswn i'n lecio'i gweld hi'n galw ryw ddydd.' A hynny'n brifo mewn ffordd nad oedd hi'n ei dallt, nac eisiau ei dallt chwaith.

20

Roedd Gwenan wedi gosod ei chês a'i bag yn daclus yn ei rhan hi o'r babell, ei dillad yn dal yn y cês wedi'u smwddio a'u plygu'n dwt: dau bâr o jeans, shorts, dwy sgert a dwy ffrog a phentwr o grysau-T a dillad isa; bag molchi, dau liain sychu, drych a Tampax, jyst rhag ofn.

Taenodd ei sach gysgu dros fatres ffôm bwrpasol, a'i hagor at ei hanner, a'i gwthio'i hun i mewn i gael gweld sut beth oedd cysgu mewn tent. A theimlo'r cynnwrf yn cyniwair yn ei bol wrth weld y to'n fflapian yn y gwynt a sŵn prysurdeb a miwsig o'u cwmpas ym mhobman: yn gymysg â sŵn morthwylio, chwerthin a chyfarchion llon. Ceir yn cyrraedd, ceir yn cychwyn.

'Hei, diog.' Daeth Hannah i sefyll uwch ei phen, ei gwallt golau syth wedi dod yn rhydd o'r pinnau oedd yn ei ddal yn ôl. 'Lle ti feddwl wyt ti? Y Ritz? Lluchia dy betha o gwmpas rhag i rywun ddŵad i mewn a meddwl 'u bod nhw 'di landio'n yr *Ideal Home*.'

'Gin ti ddigon o lanast dros y ddwy ohona ni.' Yn ofni cael dillad tamp, ac yn gweld dim pwrpas i faeddu a rhychu ei dillad, a hithau wedi eu smwddio cyn dod, rhag i neb feddwl ei bod wedi ei magu rywsut rywsut chwedl ei mam.

49

'Rhyngo chdi a dy betha,' meddai Hannah. A lluchio'i phen yn ôl i gael gwared â'r cudynnau. 'Ond gobeithio na fydd neb yn meddwl mai fi bia dy ran di.'

Fel roedd hi wrthi'n siarad dyna hogyn wedi eillio'i ben yn rhoi ei ben i mewn i weiddi *haia*, ac i ofyn oedd ganddyn nhw forthwyl gâi o'i fenthyg i guro'r hoelion wyth i'w lle.

'Aros funud,' meddai Hannah, gan smalio tyrchio'n ei phethau, a'u lluchio fel conffeti o gwmpas y lle, er ei bod yn gwybod yn iawn nad oedd ganddi 'run, ar ôl i'w thad ei roi'n ôl ym mŵt y car.

'Sgwatio drws nesa,' medda fo a rhoi winc ar y ddwy yn eu tro, yn ffansïo'i hun na fuo rioed ffasiwn beth. 'Rhaid i chi alw am dipyn o laeth mwnci wedi i ni gal y wigwam ar 'i thraed.' A churo'i geg i wneud sŵn Indian, nes bod Hannah'n giglan fel rhyw hogan fach saith oed.

'Pisyn,' meddai hi a phwnio'r awyr mewn buddugoliaeth wedi iddo fynd. 'Ddeudis i do, fod hon yn mynd i fod yn wsnos grêt. Wsnos ora'n bywyd ni, gei di weld. Dechra pennod newydd.'

Ond cyn dechrau ar yr hwyl roedd rhaid mynd draw i'r Gorlan i setlo ar oriau gwaith.

'Gad hyn i mi,' meddai Hannah wrth nesu, 'dw i'n gwbod yn iawn sut i ddelio hefo Efengýls. Ma nhw'n iawn dim ond i chdi beidio dechra siarad am grefydd hefo nhw.'

O wrando arni'n rhedeg arnyn nhw roedd Gwenan wedi disgwyl gweld criw sych-dduwiol, wyneb hir. Ond doeddyn nhw ddim yn edrych yn wahanol i neb arall, yn eu jeans a'u crysau-T, a rhai o'r merched mewn sgertiau byr byr ac wedi llifo'u gwallt yn felyn. Ac un o'r bechgyn â modrwy'n ei glust.

'Helpars fath â ni oeddan nhw, siŵr iawn,' meddai Hannah pan dynnodd ei sylw at y peth. 'Doeddan nhw ddim yn gwenu digon i fod yn Efengýls. Tyd, awn ni o gwmpas i weld pwy sy 'di cyrradd.' A phitïo ar yr un gwynt nad oedd Rich, Mei Bach a'r gweddill ddim yn cyrraedd tan ddydd Iau.

Ac nid nhw oedd yr unig rai yn cerdded o gwmpas: roedd yno ddegau lawer yn symud mewn heidiau a gwneud sŵn a chwarae'n wirion i dynnu sylw atyn eu hunain. Ac ambell un unig yn smalio nad oedd dim ots ganddo fod ar ei ben ei hun, yn cerdded o gwmpas efo *Walkman* am ei glustiau â'i ben yn y gwynt.

A than un o'r tapiau dŵr oer roedd yr hogyn oedd wedi eillio'i ben yn sefyll yn ei wisg nofio dynn ac yn lluchio sosbaneidiau o ddŵr dros ei ben fel cowboi mewn ffilm ac yn gweiddi i'w hatgoffa o'r sesh yn y wigwam yn hwyrach ymlaen.

'Oes 'na ddim stafelloedd molchi 'ma?' gofynnodd Gwenan. Doedd hi ddim yn ffansïo tynnu amdani allan yn yr awyr agored yng ngŵydd pawb.

'Oes siŵr iawn.' Pwyntiodd Hannah at ryw gytiau pren ym mhen draw'r cae. 'Isio dangos 'i gorff oedd o.'

'Dangos 'i gorff!'

'Be sy o'i le'n hynny? Tasa fo'n hogan fasa chdi'n deud dim. Y byd 'di newid sti, genod a hogia'n mynd yn depycach i'w gilydd bob dydd. Genod yn mynd i'r *gym* i fagu cyhyra, a hogia'n tynnu'u crysa i ddangos eu hunain fel tasa nhw ar *page three*. O! a tra dw i'n cofio, lwyddis i i daro bargian reit dda hefo'r Efengýls, shifft rhwng hannar awr 'di saith a hannar awr 'di naw bob nos, heblaw am nos Iau, honno rhwng hannar nos a dau. Un noson hwyr, 'di hynny ddim yn ddrwg.'

A lluchio'i phen yn ôl i swagro a gwneud golwg hapus arni ei hun, am fod pawb yn edrych arnyn nhw. Pawb. Y rhai oedd yn cerdded o gwmpas, a'r lleill, y bechgyn oedd yn eu llygadu'n slei o'u pebyll.

21

Bilw oedd enw'r un oedd wedi eillio'i ben, a Sbinc oedd yr un efo cyrls ar ei dalcen, a'i wallt wedi ei dynnu'n ôl. Bilw oedd canwr y grŵp a Sbinc oedd yn chwarae'r gitâr bas, a Ned a Joe, y ddau dawedog, oedd yn chwarae'r drwm a'r syncroneisyr. A'u henw llwyfan oedd Llygod Ffrengig, a hynny i fod i gyfleu rhywbeth am eu perfformiad. Ond gan mai grŵp newydd sbon danlli oeddyn nhw, ni allai Hannah, hyd yn oed, farnu a oedd yn enw addas ai peidio. Ond roeddyn nhw wedi addo rhoi cân cyn diwedd y noson, ar ôl cael digon o laeth mwnci (ych, hen ddywediad hyll) a pot.

A doedd na byw na bod gan Bilw nad oedd pawb yn cymryd drag.

'Tyd yn dy flaen,' medda fo, a gosod rôli wrth geg Gwenan, ''neiff hi ddim dy ladd di. Fyddi di'n teimlo'n well o beth coblyn.'

'Gneud i dy du mewn di deimlo fel melfed,' meddai Hannah, 'gneud dy ben di mor ysgafn â chwmwl ar y gorwel ddiwrnod o ha.'

Ond doedd Gwenan ddim eisiau leining o felfed o'i mewn na chwmwl ysgafn yn ei phen. A doedd ganddi fawr o feddwl chwaith o'u syniadau *fantastic*, eu cynlluniau anymarferol a'u rhegfeydd. A phetai ganddyn nhw gyfrinach i'w chuddio fel hi, fydden nhw ddim mor barod i ddinoethi eu teimladau a cholli rheolaeth mor rhwydd. Un llithriad bach a byddai pawb yn gwybod ei chyfrinach. A chyn pen dim byddai newyddiadurwyr yn curo wrth y drws i dynnu ei llun a holi ei pherfedd. Dyna'r math o gyfrinach oedd hi. A byddai Miss Eirlys Hopcyn yn cyhoeddi o flaen y dosbarth: 'Dw i'n gweld rŵan pam oedd eich traethodau mor ddiddychymyg. Ofn cal eich dal oeddych chi.'

Roedd ei bywyd yn cael ei reoli gan ofn. A hynny'n ei gwneud yn ferch wyliadwrus a di-liw. A Bilw, yn camgymryd ei gwyliadwriaeth am barchusrwydd, yn ploncio can o lager yn ei llaw i'w hatgoffa mai yn y Steddfod roedd hi ac nid yn yr Ysgol Sul. A Sbinc yn rhoi ei law chwyslyd am ei hysgwydd i efelychu Bilw, am nad oedd merch arall ar gael.

'*Commune* 'dan ni isio,' meddai Bilw toc, pan oedd neb yn gweld ei gilydd gan fwg. '*Commune* i ni gal gneud fel fynnon ni. Neb i fusnesu a holi. Codi digon o wigwams ym mhobman. A chodi a chysgu fel 'dan ni'n dewis.'

'Hynny'n da i ddim i rywun sy'n diodda o asthma a chlefyd y gwair fel fi,' meddai Hannah. 'A fasa gola cannwyll fawr o les i lygaid neb. Drychwch be ddigwyddodd i Milton druan. Mi a'th o'n ddall.'

'Milton,' meddai Ned neu Joe, yn swnio'n gysglyd tu hwnt. 'Ddim peth llnau poteli babis 'di hwnnw?'

'Bydd ddistaw,' meddai Bilw a phlygu i gusanu Hannah i roi taw ar bob sgwrs.

'Dw i'n meddwl yr a' i am bishiad,' meddai Joe neu Ned, am fod pawb wedi mynd yn ddistaw wrth i Bilw a Hannah ymgodymu â'i gilydd ar y llawr.

'Duw, ddo i hefo chdi,' meddai'r llall.

'Well i minna fynd i ffonio Mam,' meddai Gwenan, a chodi ar ei thraed, rhag i Sbinc gael chwaneg o syniadau oddi wrth Bilw oedd yn lapio'i hun am Hannah fel rhyw octopws mawr.

'Aros, ddo i hefo chdi,' medda Sbinc a gafael yn ei braich i ddangos y ffordd iddi drwy'r mwg.

Ond unwaith roeddyn nhw allan dyna fo'n ei gollwng, a ddaru o ddim cyffwrdd pen ei fys ynddi, er iddi faglu a throi ei ffer ar dwmpyn o wair.

'Be 'di enw'r cae 'ma?' meddai hi am na allai feddwl am ddim byd arall i'w ddweud.

'Dw i ddim yn meddwl fod 'na enw arno fo,' medda fo ar ôl crafu'i ben am sbel. 'Pam?'

'Mam sy'n bygwth dŵad draw dydd Gwenar hefo Cae Lloi.'

'Cwbwl sy isio iddi neud 'di gofyn am y maes pebyll, er fasa'n gallach iddi gadw draw rhag iddi gal sioc, 'di o ddim yn lle i bobol ganol oed.'

'Ti ddim yn nabod Mam.' A chodi coler ei chôt denim am ei bod yn dechrau smwcian bwrw, wrth drïo cofio beth oedd tad Hannah wedi galw'r cae, pan oedd o'n hymian rhyw dôn gron, wrth osod y babell yn ei lle.

Gosod, gosod rhywbeth neu'i gilydd. *Gosod . . . Gosod pabell yng ngwlad Gosen . . .* Ia, Gosen, dyna fo, Gosen. Am air gwirion! Swniai fel rhywbeth roedd o wedi ei wneud i fyny'n ei ben. Diolch byth nad agorodd hi ei cheg.

'Dal i gyrraedd,' medda Sbinc, wrth i dri char arall dynnu i mewn. 'Fydd angan cae mwy o lawer flwyddyn nesa, gei di weld.' A dechrau rhestru llu o'i ffrindiau oedd yn methu dod 'leni, cyn mynd ymlaen i fanylu am eu golwg a'u gwisg. A ddaru o ddim tewi'r holl ffordd nes cyrraedd y bŵth ffôn. A gafael mewn gwelltyn i'w roi yn ei geg i aros amdani.

'Iawn? Popeth yn iawn?' medda fo, pan ddaeth hi'n ôl.

'Iawn.' Doedd hi ddim yn teimlo fel dweud wrtho fod ei mam wedi mynd allan i chwarae darts a'i bod yn amhosib cael dau air allan o'i thad ar y ffôn.

'Paid ag edrach mor boenus, ta.' Rhoddodd ei fraich am ei hysgwydd, er nad oedd hi angen ei gysur, diolch yn fawr.

Roedd hi'n nosi erbyn hyn a'r goleuadau wedi cynnau yn y pebyll, a phobman yn edrych yn rhyfeddol o glyd, a chysgodion pobl ifanc ym mhobman, er nad oedd golau'n eu pebyll nhw.

'Rown ni ryw awran iddyn nhw,' meddai Sbinc yn awgrymog, wrth glywed sŵn trwst ac ymlafnio'n dod o'r wigwam.

'Awran!' Wedi blino'n sydyn ac yn ysu am gwsg.

'Fedrwn ni bicio i'r Gorlan am banad os leci di, neu gered i'r dre, 'di hi ddim yn bell iawn.'

'Ddim heno.' A magu plwc o rywle i ddweud ei bod wedi blino ac am fynd i'w gwely os nad oedd o'n malio.

'Aros, mi ddo i i gynna'r lamp i chdi,' a chodi fflapyn y drws i fynd i mewn.

'Sdim rhaid i chdi, dw i'n gwbod sut ma gneud.' A gwthio heibio iddo heb gymaint â dweud, 'Nos da'.

Tynnodd Gwenan ei sgidiau oddi am ei thraed, a gwthio'i hun i mewn i'r sach gysgu heb drafferthu i dynnu amdani. A methu cysgu'r un winc am fod fflapyn y drws ar agor i ddisgwyl Hannah'n ôl, a synau bygythiol o'i chwmpas ym mhobman wrth i'r gwersyllwyr gyrraedd yn ôl o'r dre, a chwilio am eu pebyll. Aros am oriau maith nes i'r glaw ddisgyn a sŵn ei guro yn ei suo i drymgwsg.

22

Erbyn dydd Mercher, roedd y tywydd wedi troi at wella, a phawb yn gleniach ac yn barotach eu gwên, er ei bod fel mynwent yn y maes pebyll tan ganol dydd. A neb yn symud ond y rhai oedd yn stiwardio, neu'n cymryd rhan yn y babell roc, oedd yn agor yn gynnar er mwyn y plant iau.

Doedd perfformio'n fore ddim yn poeni llawer ar Sbinc, oedd yn hen hogyn iawn yn y bôn, er gwaetha steil ei wallt.

'Fel hyn dw i'n 'i gweld hi,' medda fo. 'Rhaid i ni ddechra'n rwla, ac yn y bore gan amla ma'r camerâu teledu'n troi mewn.'

Ond nid camerâu'n unig oedd yn picio i mewn, roedd yno rieni'n ogystal. Ac roedd rhai o'r rhain wedi cwyno wrth awdurdodau'r Steddfod fod Llygod Ffrengig yn *risqué* i'w plant bach. A dyna'r union beth oeddan nhw ei angen, cyhoeddusrwydd.

A chyn pen dim roeddyn nhw'n *hot property*, a galw mawr am eu gwasanaeth ar y teledu a'r *gigs* gyda'r nos. A Hannah'n eu dilyn fel grŵpi, yn ysu am gael bod yn un ohonyn nhw, er na allai Gwenan ei hun ddeall yr ysfa.

Ac weithiau byddai'r holl ddwndwr yn y babell roc a'r llif-oleuadau yn codi cur yn ei phen, a byddai'n falch o gael mynd allan i gerdded o gwmpas y maes.

Nid âi ar gyfyl y babell fawr, oedd fel petai wedi ei phloncio ar ganol cae, i bobol gael cerdded rownd a rownd. Doedd dim blys arni chwaith, ar ôl sbecian i mewn, a gweld rhesi di-ben-draw o gadeiriau plastic coch, a rhyw hogan yn canu ar y llwyfan yn edrych yn unig ac ar goll.

Roedd yn llawer iawn gwell ganddi gerdded o gwmpas y stondinau bach oedd yn amgylchynu'r cae ac yn gwerthu popeth o aspirins i ddillad ethnic.

Prynodd sgarff sidan amryliw i'w mam i guddio'r rhychau am ei gwddw, a chlustdlysau anferth i Llinos er fod ganddi lond bocs yn y tŷ. Byddai wedi hoffi cael llyfr ar arddio i'w thad heblaw fod hynny'n ei hatgoffa o *The Spade and Hoe*, felly bodlonodd ar brynu mỳg efo'i enw arni.

Ac os byddai ganddi rywfaint o bres ar ôl, byddai'n prynu mwclen ar linyn lledr iddi ei hun, i'w roi am ei gwddf, mwclen *aquamarine* i ddynodi ei phen-blwydd, ac i ddod â lwc iddi.

'Ma hi'n dy siwtio di,' meddai llais bachgen o'r tu cefn iddi. 'Aros i mi gal 'i chau hi am dy wddw.' Trodd i edrych arno, a chochi drwyddi wrth weld hogyn mor ddel yn cymryd sylw ohoni hi.

'Sdim rhaid i chi,' meddai hi, a'i fysedd yn gyrru iasau i lawr ei hasgwrn cefn.

'Chi?' Camodd ymlaen i'w hwynebu: ei lygaid tywyll yn pefrio fel sêr ar noson o ha a'i wallt yn disgyn dros ei dalcen nes peri iddi ysu am gael ei frwshio'n ôl, er mwyn cael ei gyffwrdd a'i weld yn llawn.

'Lle dw i wedi dy weld di o'r blaen?' gofynnodd.

'Maes pebyll?' Roedd yn berffaith siŵr nad oedd wedi ei weld o gwmpas y dre, a doedd hi ddim wedi crwydro llawer ar Gymru yn ei byw.

'Diolch am y *compliment*, ond ma 'nyddia gwersylla i ar ben.'

''Dach chi'n perthyn i grŵp pop, ta?'

'Hei, llai o'r *chi* 'na. Ti'n gneud i mi swnio fel hen gant.' Gwenodd. Roedd ganddo ddannedd gwastad, gwyn. 'A na, dw i ddim yn perthyn i grŵp pop. Wedi tyfu allan o hynny hefyd. Yli, peth gwirion 'di sefyll yn y fan yma'n dyfalu. Be am fynd i chwilio am banad neu *milkshake*?'

Edrychodd ar ei wats, a melltithio'i lwc am fod yn rhaid iddi stiwardio'n y Babell Roc mhen pum munud ac am nad oedd y sêr ddim wedi gwenu arni hi erioed.

'Ma'n ddrwg gin i, ma'n rhaid i mi fynd.'

Rhoddodd ei fawd dan ei gên ac edrych i fyw ei llygaid. 'Wyt ti'n rhydd nos Wener?'

Petrusodd. Roedd ganddo lygaid peryglus, llygaid fyddai'n gallu sugno'i chyfrinach oddi arni.

'Wel, wyt ti'n rhydd neu beidio?' A chyn rhoi cyfle iddi ateb dywedodd: 'Tu allan i'r clwb rygbi am wyth, OK?'

Nodiodd am ei bod yn methu dod o hyd i'w llais. A rhedeg tua'r Babell Roc â'i chalon yn curo fel tipi-down. A dim ond pan adroddodd yr hanes wrth Hannah y sylweddolodd nad oedd hi ddim yn gwybod ei enw nag o ble roedd o'n dod.

Be ydi'r ots? Dim ond dwy noson arall oedd i fynd. Er, weithiau, mae dwy noson yn gallu ymddangos fel oes.

23

Roedd un o'r nosweithiau hynny'n mynd i helpu'n Y Gorlan. A roedd hynny'n brafiach na llymeitian ym mhabell Bilw hyd oriau mân y bore, yn gwrando ar sgyrsiau gwallgo, a mwg drwg yn ei ffroenau a'i gwallt.

Ac yn ddistaw bach edrychai Hannah hefyd fel petai'n mwynhau ei hun, wrth iddi symud rhwng y byrddau i siarad a gweini ar hwn a'r llall. Er ei bod yn cwyno bob hyn a hyn eu bod nhw'n colli noson dda'n y *Com*: y grwpiau gorau yno i gyd. A dim o'u hangen mewn gwirionedd yn Y Gorlan, a chyn lleied yno; dim ond rhyw hen blant fyddai'n edrych yn hapusach mewn Cymanfa Blant.

'Ma'n gynnar eto,' meddai'r hogan efo'r *dreadlocks*, oedd fel rhyw fath o fòs ar y lle. 'Rhowch ryw awr arall ac mi fydd y lle 'ma dan 'i sang.'

Fel roedd hi'n siarad dyna gythrwfwl o gyfeiriad y fynedfa, wrth i ddau hogyn hanner llusgo rhywun oedd wedi meddwi i mewn, a'i bloncio'n ddiseremoni yn y gadair agosa i law.

Ni allai fod yn siŵr prun ai hi ynte Hannah ddaru'i nabod o gynta. 'Y ffŵl gwirion,' meddai Hannah, a rhuthro ato i weld beth oedd yn bod.

'Deiniol.' Cododd ei ben oddi ar y bwrdd a'i orfodi i edrych arni. 'Deiniol, gwranda arna i. Deud rwbath, neno'r tad. Lle ti 'di bod? Lle ma Rich a Mei Bach?'

Tynnodd ei hun o'i gafael a rhoi ei ben yn ôl ar y bwrdd, dan gwyno'n fyngus fod y golau'n ei ddallu: er na allai hynny byth fod yn wir, am mai dim ond dau fylb gwan oedd yn goleuo'r lle.

'Aros lle'r wyt ti,' meddai Hannah. 'A' i i nôl panad o goffi cry i chdi.'

'Dein.' Gwyrodd Gwenan ymlaen i geisio dal ei lygaid. 'Plîs, Dein, yfa chydig bach; jyst y mymryn lleia, er 'y mwyn i.'

'Wath i chdi heb, tasa chdi'n angal o'r ne fasa fo ddim yn cymryd sylw,' ebe Hannah. 'Clustan ar draws 'i wynab fydda'n dŵad â fo ato'i hun.'

'Hynny ddim yn gweithio,' meddai un o'r hogiau oedd wedi ei lusgo i mewn. ''Dan ni wedi trïo, wedi rhoi 'i ben o dan tap a bob peth.'

Erbyn hyn roedd rhyw boer melyn yn dod o gongl ei geg.

'Aros di i mi gal gafal yn Rich a Mei Bach,' meddai Hannah, 'nhw sy tu ôl i hyn, marcia di 'ngair. A lle ma'r cachwrs yn lle edrach ar 'i ôl?'

Cododd y bechgyn eu hysgwyddau: felna y gwelson nhw fo, yn ymlwybro'n feddw gaib o flaen y *Com*.

'Dein, paid â mynd i gysgu, plîs paid,' meddai Gwenan wrth gofio'r stori yn y *Daily Mirror* am rywun yn marw yn ei chŵd ar ôl bod yn yfed. 'Dein, ti'n 'y nghlwad i?' A rhoi ei llaw dan ei ên i'w ddeffro.

Ond falla y byddai wedi bod yn gallach gadael llonydd iddo. Falla petai o wedi cael llonydd i gysgu na fydda fo ddim wedi cyfogi fel y gwnaeth. A phawb yn tyrru i weld beth oedd yn bod, a chwyno am yr oglau, dan afael yn eu trwyn.

'Gnewch le,' medda'r hogan *dreadlocks*, oedd hefyd yn nyrs, erbyn gweld. A theimlo'i dalcen a'i bŷls, ac edrych i'w lygaid a'i gorn gwddw, er gwaetha'i holl brotestiadau am y golau a'r cur yn ei ben.

'Well i rywun fynd i ffonio am ambiwlans ar frys,' meddai hi mewn llais oedd yn gyrru iasau i lawr eu hasgwrn cefn a pheri i bawb fynd i'w corneli i swatio nes i'r dynion gyrraedd efo *stretcher* i'w ôl.

Roedd Gwenan wedi clywed fod dynion ambiwlans yn flin gacwn bob wythnos Steddfod, ond roedd y ddau ddaeth i nôl Deiniol y petha clenia'n bod, er fod Deiniol yn grwgnach yn anniolchgar wrth iddyn nhw'i gario fo, ac yn cwyno fod botymau eu côt yn ei ddallu, os gwelwch yn dda.

'Tydi o'n lwcus cal dwy gariad bach del,' medda'r hyna o'r

ddau a rhoi winc fawr ar y ddwy ohonyn nhw wrth gau drws yr ambiwlans.

'Rwdlyn,' meddai Hannah a thynnu'i thafod ar ei ôl. 'Gora po gynta y cyrhaeddwn ni, er mwyn dal tacsi i fynd â ni i'r *Com*. Does fawr o bwynt i ni fynd nôl i'r Gorlan.'

Ond doedd y nyrs ddim yn fodlon iddyn nhw adael nes gweld beth oedd gan y doctor i'w ddweud. A holi eu perfedd: beth oedd o wedi bod yn ei wneud a beth oedd enw a chyfeiriad ei rieni a'u rhif ffôn.

'Oes rhaid iddyn nhw gal gwbod?' meddai Hannah, yn gwybod pobol mor barchus oeddan nhw, yn aelodau ffyddlon yn y capel a phob peth.

Edrychodd y nyrs yn flin arnyn nhw a dweud: 'Well i chi aros yn y *waiting room.*'

'Be am i ni redag o 'ma?' meddai Hannah wedi blino aros yn y stafell aros a dim golwg o'r nyrs yn dod nôl. 'Blydi biwrocratiaeth, dyna 'di'r drwg. Ac iwnifform. Gwisga di rywun mewn iwnifform ac ma nhw'n mynd o gwmpas mor welwch-chi-fi â Lasarus newydd godi o'i fedd.'

'Well i ni beidio,' meddai Gwenan, a gorwedd ar un o'r cadeiriau am na fedrai gadw'i llygaid ar agor ddim mwy.

Mae'n rhaid fod Hannah hefyd wedi cysgu neu fyddai hi ddim wedi rhwbio'i llygaid mor chwyrn pan ddaeth nyrs arall i'w deffro, gyda'r newydd da fod Deiniol yn well o lawer, ac eisiau gair efo nhw.

Roedd y coridorau'n drybeilig o oer er mai ha oedd hi, a'r ddwy'n crynu'n eu dillad ha wrth iddyn nhw ddilyn y nyrs heibio'r wardiau agored lle roedd cleifion yn mwmian a griddfan yn eu cwsg. Ac ambell un effro yn dilyn eu camre, yn falch o rywbeth i dynnu eu sylw oddi ar eu poen.

'Dyma ni,' meddai'r nyrs wedi iddyn nhw ddŵad at ward fach breifat i un. A dyma Hannah'n tynnu ei gwynt ati'n swnllyd fel petai hithau eisiau dianc i ffwrdd.

Ond doedd dim rhaid iddyn nhw boeni: roedd Deiniol yn eistedd yn ei wely, mwya del; a'i lygaid yn pefrio fel roeddan nhw ers talwm pan oedd clychau'r gog yng Nghae Mair. A dim rhyw hen beipiau'n sticio o'i freichiau, ei geg a'i drwyn. A'i rieni'n ei ymyl, ac ôl crïo mawr ar ei fam: er fod ei llais yn swnio'n iawn pan ddeudodd hi ei fod yn llwgu, ac yn crefu am ginio dydd Sul.

'Fasa chi'n licio becyn, sosej, tomato ac wy?' meddai'r nyrs. 'Fydda i fawr o dro'n picio i'r gegin i'w nôl.'

'Isio bwyd y funud 'ma,' meddai Deiniol a dechrau dolbio dillad y gwely, i ddangos ochr arall i'w gymeriad, ochr nad oeddyn nhw wedi ei gweld o'r blaen.

'Dyna fo, dyna ti,' meddai ei dad, a rhoi ei fraich am ei ysgwydd i'w ddal yn ôl. 'Ddaw'r nyrs â bwyd i ti, gyda hyn. Mynadd, Deiniol bach, mynadd, was.'

Ond erbyn i'r nyrs gyrraedd yn ôl gyda'r hambwrdd i lenwi'r stafell efo oglau bwyd, roedd Deiniol yn cysgu'n drwm, a rhyw hen sŵn fel morthwyl yn ei gorn gwddf.

Yna pan oedd Gwenan yn meddwl na fedrai hi ddim dioddef gwrando mwy, dyna'i dad yn troi ati hi a Hannah â'r dagrau yn llifo i lawr ei ruddiau a dweud: 'Mae o'n ein gadal ni.'

'Ein gadal ni?' gofynnodd Hannah mewn llais main.

Nodiodd y nyrs ei phen a gwneud arwydd ar y ddwy i fynd allan. A hwythau'n taro'n erbyn ei gilydd yn eu brys wrth garlamu hyd y coridorau fel petai angau ei hun wrth eu sodlau: rhedeg am eu bywyd heibio i'r wardiau cysglyd, stafell y meddygon, a'r gegin lle smociai nyrsys ar y slei. Heibio i'r ward seiciatryddol, lle roedd hen ŵr yn hel dannedd gosod mewn het, heibio'r mortiwari, y capel, a'r theatr, heb sefyll i gymryd eu gwynt nes dod o'r diwedd at y drws. A'i gau'n glep ar eu hôl rhag i'r angau eu cipio nhwythau yr un mor ddisymwth i'w gôl. Yna'u lluchio'u hunain ar fodur un o'r meddygon wrth y drws i feichio crïo.

'Ninna'n meddwl mai 'di meddwi roedd o,' meddai Gwenan, yn ei beio'i hun am feddwl y fath beth.

'Rug angau,' meddai Hannah. A throi i felltithio'r wawr oedd yn torri dros bennau'r tai. 'Blydi gwawr. Tryst Wordsworth i ramantu am rwbath mor ddi-liw. Jyst fel bardd i neud *Hollywood Scene* o'r peth. Fo a'i blydi ienctid, a fo a'i ffycin gwawr. Be wydda fo am farwolaeth na dim?'

Chwiliodd am gerrig i'w taflu at y coed i ddychryn yr adar

o'u nythod, am eu bod yn bryd iddyn nhw hedfan o gwmpas yn lle eistedd ar eu nythod fel petai dim yn bod: fel petai'r byd ddim yn syrthio'n deilchion o gwmpas eu traed.

24

Roedd hi wedi dod nôl o'r ysbyty a dim awydd arni i aros yn y tŷ ar ei phen ei hun i hel meddyliau a mynd dros yr un hen ddigwyddiadau a phenderfynodd bicio i weld Mos. Ond doedd dim hwyliau rhy dda arno yntau chwaith, am ei fod wrthi'n paentio, ac yn mynnu na fyddai'n rhaid iddo wneud dim efo'i ddwylo petai wedi cael coleg a BA fel ei ail wraig: 'Y sopan fwya diog welist di'n dy fyw.'

'Pam 'naetho chi'i phriodi hi ta?' gofynnodd Gwenan, gan ddechrau colli amynedd efo fo am boeni ei ben am bethau bach.

''Di gofyn y cwestiwn ganwaith i mi fy hun, 'chan.' A rhuthro i'r drws cefn i husio'r gath ddu i ffwrdd am ei bod yn nhiriogaeth ei hoff gath drilliw. 'Doedd hi ddim yn slasan na'r peth clenia'n bod tasa hi'n dŵad i hynny chwaith. A dim pawb fasa'n priodi rhywun efo tri o blant. Dim byd o'i le'n y plant, cofia di: rheini'n *tip top, champion*, ddim isio'u gwell, dim byd tebyg i'w mham.'

A churo'i ddwylo'n swnllyd am fod y gath ddu newydd ymddangos yng nghanol y gwair, a llygoden yn ei cheg.

'Lle roeddwn i dŵad?' wedi cynhyrfu drwyddo o achos rhyw fymryn o gath.

'Efo'ch trydedd wraig,' ebe Gwenan.

'O ia, Beryl.' A thynnu'r peiriant gwneud sigaréts o boced ei wasgod i wneud smôc iddo'i hun. ' Wyddost di be 'di ystyr Beryl?' Ac edrych arni am eiliad heb ddisgwyl ateb. 'Carreg werthfawr. Mae o'n deud yn y Beibil, meddan nhw i mi. Nefi, roedd hi cyn falched o'i henw â phetai hi wedi'i ddewis o'i hun.' A phoeri blaen y Rizla o'i geg. 'Finna 'di gwirioni 'mhen am fod rhywun 'di cal colej a BA yn ffansïo rhyw dipyn o labrwr fel fi. Er, ma'n rhaid i mi gyfadda, fod gynni hi'r wên ddela welist di'n dy fyw. Gwên fath â haul yn dy gnesu a dy ddallu di'r un pryd, os ti'n dallt be sgin i.'

Yn ei ddallt yn iawn wrth gofio Deiniol a blodau'r gog yng Nghae Mair. A methu ymatal rhag gofyn pa liw, er nad oedd hynny'n bwysig yn ôl Ken Morris am mai ffordd rwydd o ddisgrifio person ydi sôn am liw ei lygaid a'i wallt.

'Duwcs, wsti be, chofia i ddim.' Oedd yn profi fod Ken Morris yn iawn. 'Ond dw i'n cofio meddwl, pan adewis i hi, na welis i ddim byd tebycach i ddau bwll budr yn dadmar yn fy myw.'

'Pam 'naethoch chi'i gadal hi?'

'Pam?' A myfyrio ar y cwestiwn am hir. 'Lot o resyma, rhy ddiflas i fynd ar 'u hôl nhw rŵan. Petha bach pitw, a rheini'n tyfu'n betha mawr. Hitha'n gweld 'i gwyn ar rywun arall, byth yn fodlon os nad oedd gynni hi lond 'i gwe. Biti dros 'rhen blant hefyd, nhw sy'n diodda bob tro.'

Diodda! Beth wyddai o am ddiodda? Beth wyddai o am farwolaeth? Aeth i'r gegin i gael diod o ddŵr o gael gwared â'r gair o'i phen.

Ond doedd dim modd anghofio.

Roedd hi'n dal i weld Hannah o flaen ei llygaid yn syllu mor ddisymud yn y ward fechan lle rhoddwyd y ddwy i gael profion, rhag ofn eu bod hwythau hefyd yn dioddef o lid yr ymennydd. Hannah, a oedd bob amser mor siaradus a bywiog, yn gorwedd mor llonydd â phetai eisoes yn ei harch, yn ddiymateb i guriadau ei rhieni ar y ffenest ac i weddïau ei thad wrth iddo fynd ar ei liniau i ofyn i'r Bod Mawr eu harbed am eu bod yn ddwy ferch ifanc arbennig a dawnus iawn. A Gwenan ddim yn teimlo'n arbennig nac yn haeddu ffafriaeth, am nad oedd hi yn hogan capel. Ac am fod ei thu mewn wedi marw'n barod, wedi rhewi'n glep fel Llyn Dinas: er fod y nyrsys yn dadlau fod ganddi wres, yn cyffwrdd pob rhan ohoni efo'u menig plastic. Pob rhan ond lle roedd y rhew wedi cloi.

Ac roedd y rhew yn dal yno er gwaetha'r *all clear* a'r *champagne*, i'w hatgoffa am Deiniol ac am yr hogyn pryd tywyll dienw roddodd fwclen am ei gwddw ac a wnaeth oed â hi y tu allan i'r clwb rygbi. A'r golled yn waeth am iddi gredu fod lwc yn gwenu o'r diwedd arni.

Gafaelodd yn y llestri i'w sychu'n ddifynedd wedi laru troi'r un peth drosodd a throsodd yn ei meddwl.

'Gad iddyn nhw,' meddai Mos a chymryd y lliain o'i llaw. 'Well i chdi fynd allan am dipyn o awyr iach. Gei di helpu eto wedi i chdi ddŵad ata chdi dy hun. Er, os ti isio gneud rhwbath, gei di alw hefo Preis Peintiwr i ddewis papur i'r llofft sbâr.'

'Fasa hi ddim gwell gynnoch chi ddewis drosoch ych hun?'

'Na ... na ... ,' a thynnu'i fys nicotîn dros ei fwstásh, 'gweld llofftydd yn betha ... yn betha ... sut deuda i, dŵad? ... petha delicet sy'n gofyn am law merch.'

Merch! Doedd hi ddim yn ferch nac yn teimlo fel merch. Hogan oedd hi, hogan er iddi sefyll wrth wely angau a mynd yn hen cyn pryd.

Daeth y dagrau eto, a rhedodd allan rhag i Mos eu gweld a dechrau cydymdeimlo am rywbeth nad oedd o ddim yn ei ddallt.

Toc, daeth i Gae Mair. Ac er nad oedd clychau'r gog yn eu blodau sibrydodd ei chyfrinach wrth y gwynt. A sibrydodd Deiniol ym mrigau'r coed ei fod o'n dallt.

25

Ar y ffordd yn ôl o Gae Mair dringodd i ben wal Tŷ Cyrnol i ddwyn fala: ac eistedd ar y palmant i'w bwyta. A rŵan roedd hi'n diodda am fod mor farus, yn troi a throsi'n ei gwely, wrth iddi gael ei gwasgu a'i chnoi. A thoc daeth y meddyg o'r ysbyty i'w gweld, a nodwydd cyhyd â'i fraich yn ei law.

'Codwch ych coban,' medda fo, ac edrych ar y chwydd yn ei bol. 'Gwynt 'di hynna, fyddwn ni fawr o dro'n cal gwared â fo.'

Cododd ei fraich yn uchel i'w thrywanu, ond fel roedd y nodwydd yn cyrraedd ei nod deffrôdd yn chwys laddar.

Dyna pryd y clywodd hi'r sŵn crïo o stafell Llinos, rhyw igian crïo fel petai'r crïo mawr wedi darfod, a'i bod yn rhy flinedig i grïo mwy.

Gwisgodd ei choban amdani yn frysiog a phicio i weld beth oedd yn bod. 'Llinos, Llin, plîs rho'r gora iddi. Plîs, deuda wrtha i be sy'n bod?'

'Dim byd, dim byd.' Yn styfnig fel nad oedd fawr o bwrpas iddi aros yno'n sefyllian. Ond fel roedd hi'n gadael, galwodd Llinos arni'n ôl, a chodi'r cwilt i wneud lle iddi'n ei hymyl.

A'r profiad mor ddiarth am nad oeddyn nhw wedi cysgu efo'i gilydd er pan oeddyn nhw'n blant bach. A doedd Llinos ddim yn trïo helpu wrth ei dal ei hun mor stiff â phrocer, ac mor anhyblyg â'r carcas y byddai Wilias Bwtshiar yn ei gario o'r lorri i'r siop.

'Llin, fasa chdi'n lecio i mi afal amdana chdi?' A gwneud prun bynnag. A phan ddechreuodd anadlu'n ddwfn a rheolaidd mentrodd Gwenan dynnu'i braich i ffwrdd am ei bod wedi cyffio wrth iddi ei dal yn ei hunfan gyhyd. A chododd yn ara i fynd yn ôl i'w gwely ei hun, am nad oedd lle i'r ddwy'n y gwely dwbwl, wedi i Llinos wisgo pant yn y canol, i 'neud lle iddi ei hun.

'Gwen.' A gafael yn ei braich mewn panic wedi deffro drwyddi, 'Plîs, paid â mynd.'

'Pam? . . . Llinos, atab, fedra i ddim dy helpu di os na cha i wbod be sy'n bod.'

Doedd dim fedrai hi ei wneud wedyn chwaith. Roedd Llinos yn disgwyl babi, a doedd hi ddim yn barod i ddweud, neu doedd hi ddim yn gwybod, pwy oedd y tad.

'O Llin, Llin.' Ac ymuno yn y crïo. Crïo drosti hi ei hun, crïo dros Llin, a chrïo dros y babi nad oedd neb ei eisiau.

Ni allai Gwenan benderfynu a oedd ei rhieni'n gwybod ond doedd ei mam ddim mewn hwyliau da, a rhoddai'r bai i gyd ar y *change* a'r *menopause*. Wrth ei sŵn hi, nid hi oedd yr unig un oedd yn diodda: roedd ei chydweithwyr i gyd yn mynd drwy'r un peth, am eu bod at yr un oed, ac wedi dechrau'n y ffactri bron yr un pryd: tynnu am ddeunaw mlynedd gwanwyn nesa.

I wneud pethau'n waeth dechreuodd Llinos ei chloi ei hun yn ei stafell wely, i smocio ac yfed Coke. A doedd neb yn sôn am y peth, yn union fel petai'n hollol naturiol i hogan ifanc beidio â bwyta a chyfogi ben bore bob dydd pan oedd pawb ar frys eisiau mynd i'r gwaith a'r ysgol, ac eisiau mynd i'r lle chwech.

Wrth wrando arni'n crïo bob nos tan yr âi i gysgu byddai Gwenan wedi rhoi rhywbeth am fedru ei chysuro a'i helpu. Aeth pethau mor ddrwg nes iddi ystyried sgwennu at un o *agony aunts* y cylchgronau am gymorth. Sôn fel yr oedd Llinos yn disgwyl babi ac yn gwrthod siarad â neb; ac am ei phryder y byddai'r babi yn troi allan i fod yn debyg i Juan, y *waiter* seimllyd o Sbaen.

Ond unwaith y rhoddodd y geiriau ar bapur, edrychent yn hollol ddibwys, ochr yn ochr â phroblemau mawr fel llosgach, godineb, a chyfunrywiaeth, oedd yn britho'r cylchgronau o wythnos i wythnos yn ddi-feth.

A beth wnâi cynghorwyr soffisdigedig y cylchgronau o broffwydoliaeth ei mam fod marwolaeth arall yn y gwynt ar ôl i gi ddechrau udo rhywle ymhell bell i ffwrdd gefn trymedd nos? Ond yna, roedd rhestr ofergoelion ei mam yn ddiddiwedd a diderfyn, ac yn hirach rhestr na phawb arall yn y byd. *Paid cerdded dan ysgol. Paid agor ymbarél yn tŷ. Paid torri dy ewinedd ar y Sul. Paid rhoi sgidiau ar y bwrdd. Paid edrych ar leuad newydd drwy ffenest.*

A phwy oedd yn pennu'r holl *na wna* a'r *paid*? Pwy roddodd wybodaeth i gi, ac anlwc i'r sawl rythai drwy ffenest ar gilcyn lleuad, er fod hwnnw'r peth hardda a'r mwya hudolus yn y byd?

Ond mae yna wirionedd mewn hen ddywediadau. O! oes. Neu pam arall fyddai ei mam wedi cyhoeddi un bore fod Llinos wedi penderfynu mynd ar wyliau i Stoke?

'Stoke?' Rioed wedi clywed am neb yn mynd ar wyliau i Stoke o'r blaen.

'Stoke-on-Trent, paid â deud na ti ddim yn gwbod lle ma fanno, a chditha 'di cal B yn *geography*.'

Ond doedd hynny ddim yn ei gwneud yn hollwybodus, yn peri iddi wybod ble roedd pob dinas, pentre a thre dan wyneb haul.

'Donna, chwara teg iddi, 'di gwadd hi yno,' meddai ei mam yn fyr ei thymer am fod ganddi *ladder* yn ei hosan, a hithau'n hwyr i'r gwaith. 'Ti'n cofio Donna? Fydda'n arfar gweithio'n y ffactri stalwm. Llais fel *town crier* gynni hi: 'di priodi *Chinese*. Peth glenia'n bod, Donna rŵan, ddim y *Chinese*, 'nes i rioed 'i gyfarfod o. Fydd wsnos hefo Donna'n well na thonic iddi a hitha ddim 'di bod hi 'i hun ar ôl miri'r briodas a'r hen salwch 'na.'

A chyn i Gwenan fedru ei holi ymhellach roedd hi wedi mynd, gan adael rhestr o bethau oedd eu hangen o Kwiks ar ei hôl.

Syllodd yn ddig ar y llestri budr yn y sinc, wedi laru bod yn forwyn fach i bawb. Hen bryd i'r ysgol ddechra, meddai wrthi ei hun: er nad oedd fanno'r lle difyrra'n y byd chwaith: â'r athrawon yn meddwl am ddim ond arholiadau a gwaith, ac yn pwyso arnyn nhw i gyd i weithio ffwl pelt. Blwyddyn arall cyn iddyn nhw gychwyn ar eu gyrfa mewn colegau ar hyd a lled y wlad. Coleg, gyrfa a gwaith. Rhyw edrych ymlaen o hyd, fel pe na bai gan neb orffennol na chyfrinach rhwng cloriau *The Spade and Hoe* i'w llesteirio. ''Thâl hyn ddim,' meddai Gwenan wrthi hi ei hun. 'Fedra i ddim gadal i ryw gyfrinach fy sodro i'n fy unfan am byth.' 'Pam na ddeudi di wrth y byd?' meddai'r llais dadleugar yn ei phen. 'Mi wna i un o'r dyddia 'ma,' medda hi.

Safodd yn nreif y mans i edrych o'i chwmpas, am na fu hi rioed ar y cyfyl o'r blaen: dim ond cael cip ar y tŷ tal gwyngalchog rhwng y coed, wedi iddyn nhw fwrw'u dail, wrth aros i siarad efo Hannah ar y ffordd adra o'r ysgol ambell waith.

Ond heddiw roedd pethau'n wahanol: roedd Hannah wedi ei gwahodd yno. A'r nodyn drwy'r drws y bore hwnnw yn eu cymodi unwaith eto: ar ôl y dieithrio fu rhyngddyn nhw yn dilyn marwolaeth Deiniol, a'r arhosiad yn yr ysbyty. Er fod salwch ac angau i fod i ddod â phobol yn nes at ei gilydd, yn ôl pawb.

Ni allai lai na theimlo'n nerfus wrth nesu at y tŷ crand urddasol, gyda'i ffenestri sash a'i ddrws derw trwm, wrth geisio meddwl beth oedd y brys y soniai Hannah amdano. A beth i'w wneud petai ei thad yno ac eisiau iddyn nhw fynd ar eu gliniau, i ddiolch i Dduw am wrando ar ei weddïau'n yr ysbyty.

Ond roedd hi'n rhy hwyr i droi'n ôl a Hannah newydd ymddangos yn y drws, ei hwyneb mor welw a'i chroen mor dryloyw nes bod yr esgyrn i'w gweld yn sgleinio dan ei chroen, a'r gwallt golau wedi'i dynnu'n ôl yn dynn.

'Gymrist di dy amser,' meddai hi'n bigog, a gwneud arwydd arni i'w dilyn i'r tŷ.

A dim golwg o neb o gwmpas er fod y cyntedd yn ogleuo o gabol, a blodau newydd eu torri ar y coffer yn y cyntedd. 'Neb adra,' meddai Hannah wrth ei gweld yn edrych o'i chwmpas. 'Ma nhw 'di mynd i Ardal y Llynnoedd am ddeuddydd neu dri.' Ac ochneidio'n hir am mai dyna oedd gwraidd y drwg. Roedd hi wedi bod mor ffôl â dweud wrth Bilw eu bod yn mynd. A hwnnw wedi gwadd ei hun yno i aros, am fod gan Llygod Ffrengig *gig* yn y Borth.

'Ac os dw i'n 'i nabod o,' meddai, a rhoi cic i'r matyn dan draed yn ei rhwystredigaeth, 'mi ddaw o â'i grŵpis i'w ganlyn. A dyna be fydda lle.' Ac edrych o'i chwmpas, yn dychmygu'r gyflafan i'r llawr bloc, y rỳg Persian, coffer a dreser Nain Bifan, a llenni rhyw William Morris, pwy bynnag oedd o. Wedyn aeth draw at y ffenestri Ffrengig oedd yn agor i'r ardd, gan ei gwasgu ei hun yn boenus rhwng ei breichiau, i restru'r difrod allen nhw ei wneud i'r ardd. Torri planhigion, difrodi blodau, llwyni a choed, pob un ag enw crand, ecsotig. Roedd hi'n gwaredu wrth feddwl beth ddeuai o'i mam heb ei gardd. Yr hafan gysegredig honno roedd hi wedi ei chreu i ddianc iddi o helyntion a berw'r byd. Yr encil gysegredig lle câi wared â'i rhwystredigaethau, gan mai dyna oedd pob garddio'n y bôn.

'Faswn i ddim yn cytuno,' meddai Gwenan wrth feddwl am yr oriau o bleser gâi ei thad yn yr ardd. 'Ma Dad wrth 'i fodd yn garddio.'

'Dyn 'di o,' atebodd Hannah'n gwerylgar. 'Ma dyn ar ben ei ddigon yn palu a fforchio a rhwygo petha o'u gwreiddia, hynny'n apelio at yr elfen ddinistriol yno fo. Ma dynas yn wahanol, ma dynas yn fwy creadigol. Dyna pam ma hi'n tyfu bloda a llwyni i neud lle cartrefol a del. Ond dyn . . . '

Roedd dyn yn ei hatgoffa o Bilw.

'Chwara teg rŵan, roedda chdi 'di mopio arno fo'n Steddfod,' ebe Gwenan.

'Tair wsnos er hynny,' meddai Hannah, wrth gamu allan i'r ardd am smôc, am fod gan ei mam ffroenau fel fferat ac yn medru ogleuo sigaréts o bell.

A cherdded mor bell ag y gallai o'r tŷ, heibio'r coed derw praff, y byddai'n gamp i Bilw a'i ffrindiau er eu holl nerth a'u fandaliaeth eu dinistrio; heibio'r llwyni efo'r enwau del a'r ardd lysiau nes dod at ddau foncyff oedd yn ffinio'r drysni o amgylch lle'r arferai'r berllan fod.

'Dyma be dw i isio i chdi neud,' meddai Hannah ac eistedd ar hen foncyff i gynnau sigarét. 'Dw i isio i chdi sgwennu at Bilw'n deud na dw i ddim adra, 'mod i 'di mynd, 'di gorfod mynd i ffwrdd. Faswn i'n gofyn i chdi'i ffonio fo, 'blaw na fedra i ddim dy drystio di i beidio rhoi dy droed yn'i hi. A beth bynnag, wath i chdi sgwennu ddim, gan fod y llythyr gin i'n barod yn 'y mhen.'

Ond cyn mynd ati, roedd rhaid cael ffag arall: dyna'u drwg nhw, wnaetha un byth y tro; roedd rhaid cael dwy. Yna penderfynodd fod y rhan yma o'r ardd yn codi'r felan arni. Felly doedd dim amdani ond croesi'r lawnt i'r pen arall, lle roedd rhosod henffasiwn yn melysu'r awyr, a phwll pysgod aur.

'Gin i enw ar bob un ohonyn nhw, sti,' meddai Hannah toc, a chynhyrfu'r dŵr gyda darn o frigyn, am mai pnawn oedd hi, a nhwytha'n hepian yn swrth. 'Bob un 'di enwi ar ôl ffrindia a pherthnasa.' A chynhyrfu am ei bod newydd gael cip arni hi Gwenan yn gwibio drwy'r dŵr. ''Run goch 'na hefo'r brychni ar 'i chefn.'

Wedyn daeth Mei Bach i'r wyneb, a Manon dryloyw, yn gwibio nôl a mlaen yn fusnes i gyd. Tynnodd ei gwynt ati'n siarp am ei bod newydd weld Deiniol. A phwyntio at sgerbwd pysgodyn marw yr oedd yr adar a'r pryfed wedi gwneud pryd ohono yn fflôtio ar wyneb y dŵr.

'Fel hyn roedd o pan ddaethon ni adra o'r Steddfod,' meddai Hannah. 'Dad yn meddwl 'i fod o a Deiniol wedi marw tua'r un pryd.'

'Fasa ddim gwell i chi gal gwarad â fo?'

'I be? I'w roi o yn yr un bedd â Deiniol?'

Ni allai Gwenan feddwl am ddim byd creulonach i'w ddweud. A daeth awydd sydyn arni i redeg oddi yno.

'Hannah,' meddai, wrth deimlo'r rhew yn ôl lle dylai ei chalon fod, 'sgwenna i'r llythyr 'na i chdi, os nei di addo un peth i mi.'

'Sgin i fawr o ddewis yn ôl dy sŵn di.' A gafael mewn brigyn i'w gnoi am fod y paced sigaréts yn wag.

'Addo peidio rhoi enwa dy ffrindia ar dy bysgod o hyn mlaen. Addo.'

'Pam? Wyt ti'n ofergoelus? Wnaiff hynny ddim 'u stopio nhw rhag cicio'r bwcad cyn pryd, sti.'

Cefnodd Hannah ar y pwll a'r pysgod ac ymlwybro'n ôl at y tŷ, ac i mewn i'r stydi, lle roedd cadeiriau lledr oer, a silffoedd o lyfrau ar bob wal, a theimlad ffurfiol i'r lle.

'Drat, niwsans glân,' meddai Hannah yn methu dod o hyd i bapur sgwennu i'w phlesio, am fod cyfeiriad y mans neu'r capel ar bob un.

'Be ti'n boeni?' meddai Gwenan, yn methu dallt beth oedd yr

holl ffŷs, am mai ei henw hi fyddai ar y llythyr. A rhwygo dalen allan o bad A4 ar y ddesg.

'Reit.' Steddodd Hannah ar fraich y gadair ledr yn ei hymyl ag oglau blodau gwyllt yn ei gwallt. 'Dw i isio i chdi ddeud wrtho fo 'mod i 'di mynd i gynhadledd.'

'Cynhadledd?'

'Dyna ddeudis i, ntê?' Ac egluro beth oedd cynhadledd, i wneud yn siŵr fod Gwenan yn gwybod am beth oedd hi'n ei sgwennu. 'A chynhadledd lenyddol, swnio'n well nag un grefyddol, ti ddim yn meddwl? Ia, cynhadledd lenyddol amdani, cal 'i chynnal rwla'n Lloegr.'

'Lloegr? Lle yn Lloegr? Birmingham? Lerpwl? Stoke?'

'Birmingham! Lerpwl! Stoke! Pam Stoke? Ew, ti'n un od.' A throi'i thrwyn fel petai'n mynd i gynhadledd go iawn. 'Rhydychen os oes rhaid i chdi gal manylu, Rhydychen.' A gwenu fel petai'n ffansïo'r lle na fuo rioed ffasiwn beth.

Treuliodd y munudau nesa'n meddwl am bynciau dychmygol i'w trafod yno, cyn dod i'r casgliad nad oedd hynny'r math o beth fyddai Gwenan yn debyg o sgwennu amdano, ta beth.

'Nac yn rhwbath y bydda gin Bilw ddiddordeb ynddo chwaith,' ebe Gwenan. A gafael yn y beiro i ddechrau sgwennu, yn synhwyro bod truth arall ar ddod.

'Be 'di'r brys?'

''Di addo mynd draw i helpu Mos.'

'Mos?'

'Perthynas pell, newydd symud yma i fyw.' Yn synnu mor ddifater y swniai, a hithau wedi bod yn stilio am wythnosau sut i dorri'r newydd amdano rhag iddyn nhw ddigwydd taro ar ei gilydd yn y dre. 'Neb o bwys, canol oed, dipyn o rwdlyn a deud y gwir.'

'Un arall?' A chodi'i thrwyn. 'Y dre ma'n llawn ohonyn nhw, eu denu nhw fel magned o bob man. Gora po gynta awn ni o 'ma, cyn i bobol ddechra ama o lle 'dan ni'n dŵad.'

Hannah wedi blino ar y dre, wedi cael llond bol ar weld yr un hen wynebau yn gwneud yr un peth o ddydd i ddydd. A Gwenan heb ddechrau byw, yn teimlo fel petai yn sefyll ar glogwyn, yn disgwyl i hwrdd o wynt ddod i'w chwythu ar drugaredd y môr.

28

Eisteddai Mos y tu allan i'r drws cefn, yn disgwyl i'r gath drilliw ymddangos o'r drysni. A doedd wiw symud am ei bod yn gath mor sensitif, ac yn debyg o lyncu mul petai o ddim yno i'w mwytho pan ddeuai hi â'i helfa i'w osod wrth ei draed.

Gwnaeth arwydd ar Gwenan i eistedd ar y slabyn concrit yn ei ymyl am fod ganddo rywbeth i'w ddangos iddi. A thynnu amlen o boced ei drowsus, yn frith o ôl bodiau menyn a marmalêd.

'Newydd gyrradd y bora 'ma drw'r post. Agor o i chdi gal 'i ddarllan o drosta chdi dy hun.'

Nid fod llawer o waith darllen: dwy linell, dyna i gyd, oddi wrth ryw Steff oedd yn bygwth dŵad draw am chydig o wyliau, ryw dro cyn diwedd y mis.

'Wel?' A sythu wrth ei fodd. 'Wel, be ti'n feddwl o hynna?'

'Iawn.' Heb weld llawer o reswm dros gynhyrfu a cholli ei phen.

'Rhaid i ni llnau'r tŷ cyn iddo fo ddŵad. Papuro'r llofft sbâr hefo'r papur bloda 'nest ti 'i ordro yn Siop Preis Peintiwr. Ac mi fydd yn rhaid i mi gal gwely o rwla. Ti ddim yn digwydd gwbod am un?'

Ysgydwodd Gwenan ei phen.

'Roeddwn i'n meddwl jyst.'

'Pam na thrïwch chi'r *Mail* neu'r *Cronicl*?'

'Falla gna i wir, 'rhen hogan. Gin i ddigon o ddillad gwely, ti'n gweld. Prynu nhw'n Oxfam, flynyddoedd yn ôl rŵan, pan oedd pawb yn prynu'r hen *continental quilts* 'ma. Er, marcia di 'ngair i, eiff rheini allan o ffasiwn ryw ddiwrnod, ac wedyn fydda i'n werth 'y nabod, bydda neno'r tad.'

Roedd hi'n gwybod yn iawn faint oedd ganddo ar ôl eu dadbacio. Ac ni allai'n ei byw weld sut oedd hanner dwsin o blancedi llychlyd yn mynd i wneud neb yn gefnog.

71

'Wsti be, fasa'n syniad reit dda'u rhoi nhw ar y lein i chwythu, iddyn nhw gal awyr iach. Ond gwell i ni gal panad gynta. Er, coffi ma Steff yn 'i yfad, galwyni ohono. Atgoffa fi i gal peth i'r tŷ.'

Rhoddodd ei fys ar ei geg am fod cynffon y gath drilliw wedi ymddangos yn y gwair. A gwneud arwydd arni hithau i beidio agor ei cheg.

'*Well done,* 'rhen gath, ti werth y byd. Fasa chdi'n lecio soseriad o lefrith? Y busnas hela 'ma'n jobyn sychedig, siŵr o fod.' Wrth i'r gath osod llyg rhwng byw a marw wrth ei draed.

'Pwy 'di'r Steff 'ma felly?' Gofyn er mwyn newid y sgwrs yn fwy na dim, yn casáu gwrando ar y llyg yn gwingo a sgrechian.

'Hogyn Beryl, siŵr.' Fel petai hi i fod i wybod. 'Beryl 'y nhrydedd wraig i; yr un hefo brêns. Brêns gin Steff hefyd, ond yn gleniach peth. Hen hogyn iawn, 'chan, er mai fi sy'n deud hynny. Fyddi di wrth dy fodd hefo fo, gei di weld, 'di mopio dy ben yn lân.'

'Hy!' Am mai dim ond un hogyn erioed oedd wedi mynd â'i bryd: cyn i ffawd fod mor greulon â'i ddwyn oddi arni, cyn iddi gael gwybod ei enw na dim. A rŵan ni allai hyd yn oed ddwyn ei wyneb i gof.

Gwichiodd y llyg wrth ei throed a rhoi sbonc wrth i'r gath drilliw ei sodro â'i phawen unwaith ac am byth, cyn gorwedd yn ôl i ddylyfu gên, a wincian yn hunanfodlon yn yr haul.

A'r wên yn ei hatgoffa o Harri yn edrych i fyw ei llygaid, i ofyn fyddai hi'n hoffi chwaneg o lyfrau fel *The Sailors Return*, fod ganddo bentwr o rai tebyg yn y tŷ.

'Llinos 'di mynd i Stoke,' meddai hi, er nad oedd wedi bwriadu sôn am y peth.

'Felly roedd dy fam yn deud,' ebe Mos gan roi cic i'r llyg efo blaen ei esgid, i wneud yn siŵr ei bod wedi marw.

'Mam?' gofynnodd yn syn, am nad oedd ei mam ddim yn siarad efo neb y dyddiau hyn, ac roedd fel petai wedi digio wrth Mos yn fwy na phawb.

'Galw ar 'i ffordd o'r gwaith y dydd o'r blaen. Ma hi wedi mynd yn beth ddigon sych: ddim hannar yr hogan oedd hi ar foto-beic slawer dydd.' Yna newidiodd ei dôn a dweud:

72

'Ddeuda i be gei di 'i neud. Mi gei di fynd i Kwiks i nôl dipyn o neges, i chdi gal gneud un o dy deisis spesial iddo fo.'

Beth oedd haru o? Beth oedd wedi dod dros ei ben? Gofyn iddi hi wneud teisen spesial, hi nad oedd erioed wedi gwneud teisen yn ei byw. Doedd ryfedd yn y byd fod ei wragedd yn ei adael ac yntau'n eu trin fel hyn. Wfftiai ati ei hun am ddal i ddod yno er bod unrhyw le yn well na'i chartre y dyddiau hyn a phawb ar goll yn ei fyd bach ei hun.

29

Roedd dyn y tywydd yn iawn pan broffwydodd fod *heatwave* ar y ffordd. Dyna pam roedd hi'n troi a throsi'n ei gwely, heb gerpyn amdani, yn chwys laddar fel petai'n ôl yn Sbaen. Doedd fiw agor y ffenest am fod y pren wedi chwyddo a'r cyngor yn gwrthod rhoi rhai newydd iddynt yn eu lle.

Ailafaelodd yn *The Company of Wolves*, a methu'n glir â chael blas arno er fod Hannah'n mynnu y byddai'n trawsnewid ei bywyd.

Syllodd ar y print yn rhedeg i'w gilydd, a phenderfynu mynd i lawr i'r gegin i nôl diod o Pepsi. Ac yna fe'i gwelodd drwy rimyn y llenni: clamp o leuad mawr melyn hardd yn siglo'n yr awyr i dwyllo pobl ei bod yn olau dydd. A'r lleuad yn ei denu, fel nad oedd dim dewis ganddi ond gwisgo amdani, a chamu allan i'r nos, er gwaetha rhybuddion ei mam am dreiswyr a llofruddion, oedd yn llechu ym mhob cilfach a thro.

Ac eto doedd dim ofn arni, er i gi yn un o'r gerddi ruthro at y giât a chyfarth yn chwyrn arni. Câi'r teimlad ei bod wedi gwneud y siwrnai yma, wrth olau'r lleuad, droeon o'r blaen.

Toc daeth i olwg y tacsi ranc, a churodd ei chalon yn gyflymach wrth weld yr Hackney Cab. Curodd ar ei ffenest a gofyn 'Chwilio am gwsmer?' er nad oedd ganddi'r un ffadan beni i'w dalu.

Nodidd Wayne at y sêt gefn, heb synnu dim ei gweld allan radeg honno o'r nos.

'Ti 'di bod yn llnau,' meddai Gwenan wrth glywed oglau *Pledge* ac *Airwick* yr eiliad yr agorodd y drws.

'Agor ffenest os 'di o'n troi arna chdi. Peth anodd cal gwared â fo, ogla sigaréts.'

'Sigaréts?'

'Seuson yn meddwl y cân nhw neud fel fynnan nhw am 'u bod nhw'n gwisgo *pin-streip* ac yn cario *brief-case*.'

''Nest ti ddim dangos y rhybudd?' A phwyntio at yr arwydd oedd yn gwahardd smygu.

'Do siŵr Dduw, ond doedd dim ots gin y diawl. Deud fod gynno fo'i hawlia. ''Falla fod gin ti'n dy wlad dy hun,'' medda fi wrtho fo, ''ond ti 'Nghymru rŵan. A'r unig fwg 'dan ni'n lecio 'di hwnnw sy'n llosgi tai ha i gal gwarad arna chdi a dy siort''.'

'Ddeudist di rioed hynny wrtho fo?'

'Taswn i rywfaint callach. Rêl pen mawr yn bygwth yn riportio i. ''Allan,'' medda fi, ''allan ar dy ben.'' Fynta'n styfnigo, y penci, er fod y traffic 'di stopio o'n cwmpas ni, a phobol yn colli'u tempar a chanu cyrn.'

'Be ddigwyddodd wedyn?' A phwyso mlaen.

'Dim byd o bwys, dda'th rhyw blisman o rwla, ac ochri, fel tasa chdi'n disgwl, hefo'r Sais. Deud y caetha fo aros dim ond iddo beidio tanio sigarét arall. Ddim fod gin i ddim byd yn erbyn smocio, cofia di. Ond sein 'di sein. A phetawn i'n cal yn ffordd, fasa pobol ddim yn cal byta da-da chwaith a gadal ôl 'u bodia a'u papura ar eu hôl. A dim bygis a babis bach drewllyd sgrechlyd chwaith.' A sodro'i droed ar y sbardun i godi sbîd.

Gyrru: dyna'r unig ffordd i gael gwared â nhw o'i ben, gyrru cyn belled ag y medra fo o'r dre a'i thrafferthion di-ben-draw. A throi trwyn y tacsi tua'r mynyddoedd, lle roedd ffyrdd culion serth, a lle nad oedd angen goleuadau lamp am fod golau'r lleuad yn hen ddigon byth. Gyrru drwy Waunfawr a Rhyd-ddu, a'r llynnoedd oedd yn cwafrio'n arian yng ngolau'r lloer. Gyrru heb dddweud gair nes dod i Feddgelert, lle y penderfynodd Gwenan y byddai'n torri ar y tawelwch i adrodd chwedl Gelert wrtho fo.

Pwysodd yntau'n ôl yn gefnsyth, yn glustiau i gyd. Dim ond i wfftio ar y diwedd. Yr holl ffŷs 'na am dipyn o gi a digon o rai tebyg i'w gweld ym mhobman.

'Gas gin i nhw i chdi gal dallt, byth yn 'u cario nhw, os ca i'n ffordd. Tacla drewllyd, rhechan bob munud a gadal 'u blew ar 'u hôl.'

Y funud honno hedodd tylluan wen yn syth yn erbyn y ffenest flaen nes bod yr Hackney'n sgidio o un ochr i'r llall.

'Blydi deryn,' medda fo gan droi'r injan i ffwrdd. A mynd allan i weld y difrod.

'Ydi hi'n fyw?' gofynnodd Gwenan, yn ofni mynd allan i weld drosti ei hun.

Sychodd ei ddwylo yn ei drowsus. 'Ddim rŵan. Sgin ti rwbath ga i i sychu'r ffenest? Ma'r sglyfath wedi gadal 'i gwaed ym mhobman.'

Gwrthododd yr hances bapur a gynigiodd iddo, ond dywedodd y gwnâi ei chrys-T y tro os oedd o'n lân.

'Reit,' meddai ar ôl gorffen, a lluchio'r crys gwaedlyd yn ôl iddi, 'lle fasa chdi'n lecio mynd?'

'Ma hynny fyny i chdi.' Er mai *adra* roedd ei chalon yn ei ddweud, wrth feddwl tybed ai'r un un oedd y dylluan wen a'r deryn corff y soniai ei mam amdano o hyd ac o hyd. Roedd hi'n arwydd o rywbeth, yn sicr, neu pam aethon nhw allan o betrol yng nghanol y mynyddoedd yn fuan wedyn, filltiroedd o bob man a dim ond creigiau bygythiol yn cau amdanyn nhw o bob tu?

'Dim amdani ond mynd i chwilio am garej,' medda fo a rhoi'r goriadau yn ei boced fel petai arno ofn iddi hi eu dwyn. Aeth i'r bŵt i nôl can petrol.

'Aros, ddo i hefo chdi.' Ofnai yn ei chalon gael ei gadael ei hun.

'Dim peryg. Swatia lle'r wyt ti. Fedrwn ni'n dau ddim gadal yr Hackney. Yli, mi chwibana i fel hyn pan gyrhaedda i'n ôl.' A chwibanodd dair gwaith, tri chwibaniad hir dolefus oedd yn atseinio o gwmpas y mynyddoedd.

Gwyliodd Gwenan ef yn diflannu rownd y gornel a churodd ei chalon yn gyflymach wrth iddi feddwl iddi glywed car yn dringo i fyny'r allt. Gorweddodd ar y sêt i guddio, ac aros yno heb symud ber nes syrthio i gysgu.

Cysgu nes iddi glywed sŵn curo chwyrn ar y ffenest, a hithau'n tybied ei bod gartre'n ei gwely ei hun. Cododd ar ei heistedd a rhwbio ei llygaid i weld Wayne yn rhythu fel drychiolaeth arni yn y gwyll.

'Un dda wyt ti i edrach ar ôl dim,' medda fo'n flin gacwn am nad oedd wedi clywed ei chwibanu.

Hithau'n chwerthin mewn rhyddhad wrth weld y gwlith yn sgleinio fel dafnau yn ei wallt.

'Fasa chdi ddim yn chwerthin tasa rhywun wedi dŵad heibio a dy ddal di'n hanner noethlymun,' medda fo nes peri iddi gochi ac ymbalfalu am ei chrys-T.

'Tynn o, tynn o.' A chuddio'i lygaid efo'i law, am fod gwaed y dylluan yn troi arno fo.

A'r wawr yn torri yn staeniau gwaedlyd rhwng cribau'r mynyddoedd, i fatsio'r staeniau ar ei chrys. A hynny fel rhyw arwydd yn dweud fod yr amser wedi dod iddi ddatgelu tipyn arni ei hun. 'Ma gin i gyfrinach i ddeud wrtha chdi,' meddai hi a'i llais yn swnio'n frwysg.

'Cyfrinach!' Crychodd ei drwyn fel petai o erioed wedi clywed y gair.

'*Secret* ta. Rhwbath na ddeudis i rioed wrth neb o'r blaen.'

'Dw i ddim isio clwad, dw i ddim yn lecio *secrets*,' medda fo. 'Petha i genod ydi *secrets*, a phetha ma plismyn isio'u cal i dy roi di yn jêl ar gam.'

Pwysodd Gwenan ymlaen er mwyn cael gweld ei wyneb yn llawn. Llyncodd ei phoer. 'Ges i 'ngeni mewn Hackney Cab.'

'Dy eni mewn Hackney Cab! Hackney fath â hwn? Tynnu 'nghoes i wyt ti.'

'I be faswn i isio gneud peth felly?' meddai hi. 'Do i â llun, ryw ddiwrnod, i chdi gal gweld trosot dy hun.'

'Hwda,' medda fo, gan dynnu'i jympar i'w rhoi iddi. 'Gwisga hon rhag i chdi gal annwyd.' Honno'n gras ac yn ogleuo o chwys a phetrol: ond jyst y peth i deithio drwy'r wlad lân a'r pentrefi cysglyd yn oriau mân y bore mewn Hackney Cab.

30

Roedd Llinos wedi dychwelyd o Stoke a rhyw olwg arni fel un wedi cael gormod o nosweithiau hwyr mewn clybiau nos yn smocio a llymeitian gormod er ei lles. Ac wedi torri ei gwallt fel hogyn ac wedi lliwio'r cudynnau blaen yn biwsgoch. A mynd o gwmpas dan fagu'i hun rhwng ei breichiau fel petai'n dioddef o oerfel, ac roedd ei llaw chwith wedi chwyddo'n fawr ac yn gleisiau i gyd.

'Wedi cal 'i phigo gan wenynen yn 'i chwsg y ma hi,' meddai ei mam er nad oedd neb wedi gofyn iddi. 'Os na wellith hi'n ystod y dyddia nesa 'ma, fydd yn rhaid iddi fynd i weld doctor.'

A'i thad fel arfer yn nodio heb godi ei ben o'r catalog hadau a blodau.

'Peidiwch â ffysian, peidiwch â lolian,' meddai Llinos a'i llygaid yn fflachio'n stormus.

Hi, Gwenan, oedd yr un oedd i fod i gael sterics, hi oedd yr un yn ei harddegau, oedd yn mynd drwy gyfnod anodd. Ond Llinos oedd yr un roedd angen ei thrin efo cyllell a fforc.

'Yli, dw i wedi cal llond bol,' meddai ei mam, oedd hefyd yn mynd drwy gyfnod anodd. 'Rhaid i chdi fynd i weld y doctor ynglŷn â'r llaw 'na, neu ddei di byth yn well.'

Ac i wneud yn siŵr ei bod yn mynd, gorfodwyd Gwenan i fynd efo hi. Er i Llinos roi ei throed i lawr pan gyrhaeddon nhw'r feddygfa, a dweud nad oedd hi ddim eisiau cynffon wir, fod yn well ganddi gael gair efo'r meddyg ei hun.

Ond dyma beth oedd yn od: roedd hi'n teimlo'n waeth ar ôl ei weld, ac yn dweud ei bod am fynd adref i'w gwely'n syth, am nad oedd *septic poisoning* yn ddim i chwarae efo fo.

'Bicia inna i'r *chemist* i nôl y petha 'ma i chdi,' meddai Gwenan, a chymryd y prescriptiwn oddi arni.

'Un peth bach arall,' meddai Llinos cyn iddi fynd. 'Fasa chdi'n picio i weld Harri, gwael, i ddeud wrtho fo am ddŵad i 'ngweld i, nad ydw i ddim hannar da?'

'Fedri di ddim 'i ffonio fo dy hun?' Yn synnu ati ei bod hi eisiau gweld ei hen wep ar ôl yr hyn a wnaeth o iddi.

'Na,' meddai Llinos, 'ma'n bwysig 'mod i'n cal 'i weld o.'

Ac wrth ei gweld hi mor wannaidd doedd gan Gwenan ddim calon i ddadlau â hi. Ac roedd yn falch pan ddaeth rhywun roedd Llinos yn ei nabod heibio a rhoi lifft iddi adref yn ei gar.

Doedd yr un o'i thraed eisiau mynd i weld Harri, ond penderfynodd gadw'i gair a phiciodd i'r swyddfa insiwrans lle'r oedd o'n gweithio gan obeithio na fyddai o ddim i mewn.

Roedd hynny'n ormod i'w ddisgwyl.

Cododd i'w chyfarch. 'Gwenan, dyma be ydi braint.' Ei wên yn ddigyfnewid ac yn ei hatgoffa o'r gath drilliw yn aros ei chyfle i neidio ar ei phrae yn yr haul. 'Ista, gna dy hun yn gartrefol.' A nodio at y gadair ddu yr ochr arall i'r ddesg, lle'r oedd pentwr o ffurflenni, a gwthiodd baced o *Benson and Hedges* tuag ati a dweud, 'Helpa dy hun,' er ei fod yn gwbod yn iawn nad oedd hi ddim yn smocio.

'Dal i gerad y *straight and narrow*, dw i'n gweld.'

Anwybyddodd ei sylw. 'Ma Llinos yn sâl, isio i chdi fynd draw i'w gweld.'

'O.' Y wên yn diflannu'n syth bin.

'Ma hi'n 'i gwely.' Yn teimlo fel morwyn Cefn Ydfa, yn crefu ar Wil Hopcyn i ddod ar frys at wely Ann Tomos. Heblaw na wnâi Harri byth bythoedd Wil Hopcyn. Maddocks efallai. O gwnâi, fe wnâi Faddocks y dihiryn, doedd dim eisiau ei well.

Cododd Gwenan i ymadael, yn teimlo'n well o lawer ar ôl barnu Harri a'i gael yn brin.

31

Doedd y tŷ ddim yn lle braf i fod ynddo ers tro: pawb yn troi yn ei fyd bach blin ei hun; pawb yn gwasgu'i boen yn dynn at ei galon ac yn cyfarth os byddai rhywun arall yn camu'n rhy agos i holi beth oedd yn bod. Roedd pethau'n ddigon drwg ar ôl y briodas, ond rŵan ar ôl i Llinos ddod yn ôl o Stoke roeddyn nhw ganmil gwaeth.

Ac wrth weld mor ofnadwy oedd pethau dechreuodd Gwenan feddwl o ddifri am fynd at wraidd cyfrinach ei thad. Roedd y syniad wedi croesi ei meddwl y noson honno pan gyfaddefodd wrth Wayne iddi gael ei geni mewn Hackney Cab. Ond wrth weld wyneb trist ei thad wrth y bwrdd byddai'n teimlo fel crïo wrth feddwl ei bod am ei fradychu—fo nad oedd byth yn hewian na thynnu'n groes ac a oedd bob amser 'run fath. Bryd hynny byddai'n rhaid iddi adael y tŷ i anghofio'r hyn roedd ar fin ei wneud. Ond doedd pethau fawr gwell yn y dre chwaith: pawb yn mynd o gwmpas â'u pen yn eu plu, mor drist a di-wên â phetaent i gyd yn byw yn eu tŷ nhw.

Doedd Hannah ddim yn hi ei hun chwaith ar ôl marwolaeth Deiniol. A phan ffoniodd Gwenan hi doedd dim ateb yn y mans, dim ond llais ei thad ar yr *answer phone* yn cyhoeddi eu bod i gyd wedi mynd i ffwrdd am rai dyddiau i orffwys ac i ymatgyfnerthu cyn y gaeaf hir a phrysur oedd o'u blaen. Pob gair wedi ei ynganu'n ofalus a phwrpasol, fel petai o wedi meddwi ac yn gwneud ymdrech i ynganu'n gyfrifol a chlir.

Niwsans, niwsans glân. Tosturiodd wrthi hi ei hun am nad oedd gan ei rhieni hithau garafân, neu ryw nain a thaid y gallai fynd atynt i osgoi gorfod mynd allan efo Bilw'r noson honno, am ei fod yn mynnu ei bod hi'n mynd ac nad oedd Hannah ar gael. Ac er nad oedd Mos y cwmni gorau'n y byd, rêl rwdlyn fel y byddai Hannah'n dweud, ac yn llawn o'i hanesion ei hun, roedd o'n well na neb.

A dyna lle roedd o'n pwyso ar y giât fel petai'n ei disgwyl, yn llawn cyffro am fod y gath drilliw newydd ddŵad â phump o gathod bach, y rhai dela welodd o'n ei fyw.

'Tyd i chdi gal 'u gweld nhw.'

A'i harwain drwy'r drysni i ben pella'r ardd, lle roedd y gath wedi eu cuddio nhw dan un o'r llwyni, oedd wedi tyfu'n wyllt.

'Drycha.' A symud y gwair efo blaen ei droed i ddangos pump o betha bach anghynnes hyll, heb agor eu llygaid a heb flewyn ar eu cyrff, yn cyrlio a chordeddu am ei gilydd.

'Fasa chdi'n lecio cal un? Fasa chdi'n lecio i mi gadw un i chdi?'

Ysgydwodd ei phen.

'Biti, ond dyna fo, sdim amdani ond 'u gyrru nhw i joinio'r *navy*, y petha bach. Tyd, awn ni i'r tŷ am ryw banad.'

79

Roedd wythnos dda wedi mynd er pan fu hi yno o'r blaen, ac ni welodd gymaint o lanast yn ei byw. Y gegin yn siandifang a llestri a sosbenni budr ym mhobman.

'Mae'n werth iti weld y gwely ges i am ugain punt yn y *Mail*,' meddai Mos, yn meddwl dim am y cwt mwrdwr. '*King size* digon i dri, pedwar ar binsh. Tyd i'r llofft i chdi gal gweld.'

'Del,' meddai Gwenan, ac edrych ar y papur wal, nad oedd yn edrych chwarter mor ddel yn ei le ag oedd o yn siop Preis Peintiwr. ''Dach chi 'di gneud job dda.' Yn swnio 'run fath yn union â'i mam, wrth iddi swcro'i thad, pan oedd hi eisiau iddo wneud rhywbeth.

'Dyna oedd Glen yn 'i ddeud bob amsar, Glen fy ail wraig i,' meddai, rhag ofn ei bod wedi anghofio, 'honno oedd yn lecio llnau brasys, honno ddaru syrthio oddi ar y groes. Wst ti be, ti ddim yn annhebyg iddi.'

'Dw i ddim byd tebyg iddi. Gas gin i frasys.' Roedd hi'n flin wrtho am ei chymharu â gwraig hanner pan a syrthiodd i'w hangau o ben croes.

'Dos di i ista'n y gadair *vinyl*, mi ddo i â phanad i chdi,' medda fo, gan synhwyro fod rhywbeth o'i le.

'Ddim diolch.'

'Tyd yn dy flaen, ma pawb isio panad, siŵr iawn. Ddaru Llinos ddim gwrthod pan alwodd hi heibio'r dydd o'r blaen.'

'Be? Llinos 'di bod yma?' Yn methu cadw'i syndod o'i llais.

Rhwbiodd Mos ei fwstásh wrth ei fodd. 'Ro'n i'n falch o'i gweld hi, cofia di, er 'i bod hi'n edrach fel tasa hi'n byta gwellt 'i gwely.'

'Ddim 'di bod yn dda ma hi,' meddai Gwenan, yn cael trafferth i'w hatal ei hun rhag gofyn a oedd rhywun efo hi.

'Hynny fawr o syndod o gofio'r petha ma hi 'di mynd drwyddyn nhw'n ddiweddar. Sôn falla y basa hi'n lecio symud yma i fyw am sbel.'

'Be? . . . Be? Llinos yn symud i fyw atoch chi?' Ei llais erbyn hyn yn cyrraedd y to a'i llygaid fel soseri yn ei phen.

'Angan newid arni, medda hi, amsar i hel 'i meddylia. A wath iddi ddŵad yma ddim, gan mai fi 'di 'thad hi.'

Brathodd Gwenan ei gwefl am fod y gair *tad* yn brifo'n fwy na dim. A gofyn y peth cyntaf ddaeth i'w phen. 'Fydd gynnoch chi le? Be am Steff? Fydd gynno chi ddim lle i'r ddau.'

'Fydda i'n siŵr o le, bydda neno'r tad,' medda fo, ac estyn mygiad o de fel triog iddi.

'Dw i ddim isio te, sawl gwaith sy rhaid i mi ddeud?'

Rhedodd Gwenan allan ar gymaint o frys nes baglu ar draws y gath drilliw a oedd yn gorwedd yn y drws. Ac wrth feddwl am y golled oedd yn ei haros dan y llwyn yng ngwaelod yr ardd ac ymweliad Llinos â Stoke, teimlodd awydd ei chymryd yn ei breichiau i'w chysuro, a'i rhybuddio i gadw draw.

32

'Secsi,' meddai Bilw a thynnu'i law dros y sgert lycra fer dynn a gafodd gan Llinos wedi iddi flino arni. A rhyw hen olwg wirion yn ei lygaid, fel petai o'n dal ar y llwyfan yn perfformio ac wedi gwirioni arno'i hun.

Symudodd o'i afael i siarad efo Sbinc a oedd yn ffidlan efo'r bas dwbwl ar ei lin. 'Ga i weld?'

Ond roedd Bilw yn dallt ei chastiau i'r dim. A thynnodd bapur £10 o'i boced a gorchymyn Sbinc i fynd i nôl diodydd iddyn nhw o'r bar.

'Dim i mi,' meddai hi wrth i'w phen ddechrau troi ar ôl y tri Drambuie, a yfodd ar ei thalcen un ar ôl y llall, yn syth ar ôl cyrraedd, er mwyn ei hanghofio'i hun.

'Paid â gwrando arni,' meddai Bilw, a symud ei gwallt i gael cnoi ei chlust. 'Fodca ac orenj i Madonna, a'r *usual* i mi.'

'Madonna!' A thynnu wyneb i ddangos beth oedd hi'n ei feddwl o'r gymhariaeth.

'Tyd yn dy flaen, paid â bod mor prim. Dwyt ti ddim yn 'y nhwyllo i. Fysa chdi ddim yn gwisgo sgert felna tasa chdi ddim yn barod am hwyl.' Tynnodd ei ddwylo chwyslyd dros ei bronnau a'i chlun, yn ymwybodol fod y genod bach ifanc oedd yn eistedd ar y bwrdd gyferbyn yn ei lygadu.

Trodd Gwenan ei phen i osgoi cusan arall wlyb, yn falch o weld Sbinc yn ôl, ac yfed y fodca'n syth ar ei phen.

'*That's my gal,*' meddai Bilw, wedi llyncu llond trol o Saesneg ers y Steddfod, a rhoi llaw wlyb ar ei chlun noeth eto, a gorchymyn Sbinc i nôl chwaneg.

Yna gafaelodd yn ei llaw i'w thynnu i'r llawr i ddawnsio. A'r miwsig yn mynd yn syth i'w phen, nes peri iddi anghofio'i diflastod yn llwyr wrth iddi'i lluchio'i hun i'r rhythm: siglo; suo; gwyro; syllu; plygu; lluchio pen, braich, coes, clun. Dyna beth oedd byw go iawn. *Diolch Hannah, am beidio â bod yma, diolch, diolch yn fawr.*

Rhoi'r gorau iddi oedd y drwg. Dyna pryd y dechreuodd ei phen droi fel olwyn ffair, ac y dechreuodd y waliau gau amdani, a'r to bwyso ar ei phen.

'Ti'n iawn?' Gafaelodd Bilw yn ei braich i'w hebrwng i'w sêt: ei wyneb yn mynd yn ôl a mlaen ar donnau o fwg. 'Well i chdi roi dy ben rhwng dy goesa i chdi gal dŵad atat dy hun.'

Ni allai gofio dim byd wedyn nes i rywun weiddi'n ei chlust, ei bod yn bryd iddi ddeffro, fod y *gig* ar ben, a'r gofalwr eisiau cloi ar eu hôl.

'Lle ma pawb?' gofynnodd, a chwyno fel Deiniol gynt fod y golau yn ei dallu, er mai dim ond yr un golau bach egwan uwchben y drws oedd yn dal ynghŷn.

'Be 'di'r blydi ots lle ma nhw? Tyd yn dy flaen,' meddai Bilw drwy'r niwl. 'Gafal yn 'y mraich i. Gollist di blydi noson dda. Cyrradd y *dizzy heights. Watch the scene, lady, we're on our way.* Wps.' Baglodd ar draws ei draed ei hun. 'Wps, wps i dês, ara bach ma dal iâr.'

Yna o'r diwedd roeddyn nhw allan yn yr awyr agored, a glaw taranau yn peltio synnwyr yn ôl i'w pen. A hithau'n agor ei breichiau i'w groesawu, ac yn dal ei thafod i dorri ei syched.

'Aros amdana i,' meddai Bilw, er nad oedd hi wedi symud ber. Cymerodd gam gwag i'w chyfeiriad a syrthio fel brechdan i'r llawr.

Gafaelodd Gwenan yn ei law i'w helpu ar ei draed a chael ei thynnu'n bendramwnagl ar ei ben: nes eu bod yn rowlio chwerthin, wrth ymgodymu ar y llawr.

A fydden nhw ddim wedi stopio chwaith heblaw iddi glywed car yn nesu, ac iddi adnabod sŵn yr Hackney Cab.

Stryffaglodd i sefyll ar ei thraed rhag iddo fynd heibio heb ei gweld. A meddwl yn siŵr ei fod am fynd wrth iddo godi sbîd. Ond breciodd mewn pryd cyn mynd ar draws Bilw, a oedd yn edrych mor ddiymadferth â chwningen wedi ei dal yng ngolau'r car.

'Be ddiawl sy'n mynd mlaen 'ma?' meddai Wayne a rhoi ei ben heibio'r ffenest.

'Wedi colli'r giang 'dan ni. Fasa chdi'n meindio rhoi lifft i ni?' meddai Gwenan, a cheisio ymddangos mor barchus ag oedd modd yn y sgert lycra dynn, am ei fod wedi gwrthod cyn hyn roi lifft i ferched a oedd yn dangos eu coesau i'r byd.

'Neidia i mewn,' meddai. Ac amneidio'n ôl ei arfer at y sêt ôl.

'*Hold on*,' meddai Bilw'n dod o hyd i'w lais a'i draed yr un pryd. 'Be amdana i?'

'Be amdana chdi?' gofynnodd Wayne, ac edrych i lawr ei drwyn ar y crys-T â'r llun llygod mawr, a'r jeans racs. 'Dwyt ti ddim yn meddwl 'mod i'n ddigon *hard up* i gario *down and outs*?'

'Dw i hefo hi,' meddai Bilw, a syllu i gyfeiriad Gwenan am gadarnhad.

'Plîs,' crefodd Gwenan arno am ei bod yn ei gweld ei hun yno drwy'r nos. 'Plîs, mae o siŵr o dalu, ma gynno fo bres.'

'Reit o,' meddai Wayne yn anfodlon, ac estyn ei law am y ffêr. 'Talu gynta, dyna'r rheol, dim pres dim reid.'

'OK, OK.' Tynnodd bapur £10 o'i boced. 'Neith hyn dy droi di?'

'Dibynnu tydi, dibynnu lle ti isio mynd.' A gwthio'i sbectols yn ôl ar ei drwyn.

Ond er meddwl a meddwl ni allai Bilw gofio lle i gael gafael yn y criw. Ac wrth weld Wayne mor ddiamynedd penderfynodd y gwnâi ei thŷ hi y tro.

'*Address*?' meddai Wayne yn bwysig a thynnu llyfr bach a phensel o'i boced.

'*Address*?' Lluchiodd Bilw y cwestiwn ati hi. 'Lle ddiawl ti'n byw hefyd, chofia i ddim?'

'*Fourteen* Tai Hirion, Glanaber Estate.' Er fod Wayne yn gwybod y cyfeiriad yn iawn.

'Dy enw di?' medda fo, a throi eto at Bilw. 'Paid â deud dy fod 'di anghofio hwnnw hefyd.'

'Bilw.'

'Bilw!' Pwysodd Wayne i edrych arno'n ddirmygus. 'Bilw! Sut fath o enw 'di Bilw? Dy enw iawn di dw i isio'r crinc.'

Petrusodd Bilw am eiliad, ac yna sibrwd yn swat dan ei wynt: 'John Huw Davies.'

'Reit o, neidia i'r cefn, John Huw.' A chychwyn yr injan cyn i Bilw gael cyfle i gau'r drws yn iawn, nes ei fod yn taro'i ben yn y sêt flaen.

''Di'r diawl ddim yn gall,' sibrydodd Bilw dan ei wynt, wrth iddyn nhw ddal i gael eu lluchio nôl a mlaen rownd corneli, a gyrru ar wib drwy'r goleuadau coch. 'Jyst yn blydi lwc ni i ddŵad ar draws *psycho* go iawn.'

A ddaru o ddim gollwng ei afael yn y sêt nac ymlacio nes iddyn nhw gyrraedd pen eu taith.

'Diolch byth,' medda fo, a phwyso mlaen i agor y drws.

'Aros lle rwyt ti, John Huw,' meddai Wayne a rhoi ei fraich heibio i ffenest y cabin i'w ddal yn ôl. 'Fedri di ddim darllan, ta be?' A phwyntio at y ffêr ar y cloc. 'Gwerth pum punt ma hwnna'n ddeud. A fedra i ddim rhoi newid i chdi, am 'mod i 'di roi o i lawr yn y llyfr bach, neu mi fydda i mewn helynt hefo'r bòs. Felly stedda'n ôl, enjoia dy hun, gin ti werth pumpunt arall ar ôl.'

'Derbyn o fel tip,' meddai Bilw, a chychwyn i lawr ar ei hôl.

'I be, er mwyn i chdi gal yn riportio i i'r bòs?' A rhoi hergwd iddo'n ôl i'w sedd. A gadael Gwenan ar y palmant i syllu'n syn ar eu hôl. A'r syndod yn y man yn troi'n wên wrth weld Bilw'n cael ei roi'n ei le. A theimlo'i hwyliau'n codi am y tro cynta ers tro byd.

33

'Itha gwaith arno fo, roedd o'n mynd yn ormod o ben mawr. Roedd hi'n bryd i rywun 'i roi o'n 'i le,' meddai Hannah, pan glywodd y stori am nad oedd hi wedi maddau i Bilw am beidio ei chynnwys yn y grŵp. Rhoddodd glo ar y beic a'i roi i bwyso ar y wal, am nad oedd eisiau ei wthio drwy'r parc, rhag i hen blant bach aflywodraethus wneud niwed iddo, wrth iddyn nhw neidio o gwmpas fel ceffylau gwyllt.

'Ma'n siŵr dy fod ti'n meddwl mai dyma'r lle dela'n y byd,' meddai hi wrth weld Gwenan yn llygadu'r cylchoedd dirifedi o flodau wedi'u plannu'n berffaith yn ôl eu maint a'u lliw, mewn lawnt ddi-fefl.

''Nes i rioed feddwl am y peth.'

'Cannoedd o lefydd tebyg iddo fo, sti, miloedd o lefydd jyst 'run fath, 'run mor hyll hefo ambell i barc a choed i drïo dy dwyllo di 'i fod o'n ddel. Iawn i bobol sy 'di cal 'u geni a'u magu 'ma: y cyw a fegir yn uffern *and all that*.'

Roedd Gwenan ar fin dweud mai symud yno i fyw wnaeth ei theulu hithau: ond fyddai Hannah ddim yn bodloni ar hynny, byddai eisiau gwybod ei hanes a'i hachau yn ôl i'r arch.

'Dyna'r peth brafia am fod yn ferch i w'nidog, symud o le i le, byth yn aros yn unman yn ddigon hir i fagu gwreiddia. Dim rhyw hen dynfa at filltir sgwâr, na *chrafanga dirdynnol* T H Parry-Williams i dy sodro di i'r un fan am weddill d'oes. Carchar 'di peth felly, ddim rhwbath i frolio'n ei gylch.'

A sefyll yn stond wrth iddyn nhw adael y parc i edrych o'i chwmpas ar y stryd lom: y siopau di-nod a'r lleill oedd wedi eu cau a'u byrddio. 'Jyst meddwl,' meddai hi, 'blwyddyn arall a fydd dim rhaid i ni gerad ffordd hyn byth eto. Be amdana chdi, ti'n edrach ymlaen?'

'Ydw,' meddai Gwenan, er nad oedd hynny'n hollol wir, am nad oedd wedi meddwl am lawer o ddim ar ôl dod o hyd i gyfrinach ei thad, ac i hynny ei llesteirio a'i sodro yn ei hunfan, fel ei bod yn methu canolbwyntio ar ei gwaith ysgol na dim, a hon i fod yn flwyddyn mor dyngedfennol iddi os oedd am wireddu proffwydoliaeth ei hathrawon a mynd i goleg a dod ymlaen yn y byd. Ond sut mae mynd ymlaen pan fo'r gorffennol yn eich dal yn ôl?

'Ti'n ddistaw iawn,' meddai Hannah, yn synhwyro'r düwch ynddi. 'Be am fynd i gaffi Daniel am Coke?' A mynnu eu bod yn eistedd y tu allan er mwyn iddi allu cadw golwg ar y beic.

Ac wrth wasgu'r hoedl o glamp o wenynen oedd yn mela yn y siwgwr oedd wedi ceulo ar un o'r soseri oedd heb eu clirio, cyhoeddodd ei bod am newid ei henw, wir. Ei bod wedi laru ar yr un oedd ganddi: gwneud iddi swnio fel hogan bach dda agos at ei lle. Sawru gormod o'r Beibl a'r mans. Hannah'n iawn pan oedd hi'n iau ac yn ddibynnol ar ei rhieni. Ond roedd hi wedi tyfu ohono erbyn hyn. Doedd hi ddim yn teimlo fel Hannah nac yn meddwl fel Hannah ers tro, tro byd.

'Fel pwy wyt ti'n teimlo felly?'

'Fel, fel . . . dim dal, dw i'n atab i lu o enwa, dibynnu ar fy hwyl. Ar y funud dw i'n teimlo fel Gwladys Rhys.'

'Gwladys Rhys!' Ddim yn meddwl bod hwnnw'n enw gwreiddiol iawn, nac yn arbennig o drawiadol.

'Un arall o ferched y mans, byw 'mhell bell yn ôl. Eto, weithia pan fydda i'n ista'n fy stafall wrth 'y nesg, fydda i'n meddwl na a'th hi rioed i ffwrdd: 'i bod hi 'di bod wrth 'y mhenelin ers pan o'n i'n ddim o beth.'

A syllu'n hir i'r gofod o'i blaen fel petai'n medru gweld Gwladys Rhys yn aros amdani yno, cyn codi'n sydyn ar ei thraed a dweud: 'Be am i ni fynd i'r fynwent i gal cip ar fedd Deiniol?'

'Iawn.' Am fod wythnosau wedi mynd heibio er ei gladdu a'i bod yn hen bryd iddynt ddechrau siarad amdano.

Ond roedd y fynwent a'r coed yw yn codi'r felan arni. Rhoddodd Hannah gic i'r blodau oedd ar y bedd am eu bod yn rhy lliwgar a thwyllodrus. Ac na ddylai neb guddio gweithred mor drist dan rywbeth mor hardd. Mynnodd fod Gwenan yn chwilio am ddarn o lechen i'w roi ar y bedd yn eu lle.

'Gwrando,' meddai pan oedd y gwynt yn codi bygythion ac yn chwarae mig yng nghanghennau'r yw. 'Dyna'r sŵn glywodd Gwladys Rhys.'

Ac am fod Deiniol hefyd wedi clywed y sŵn ac wedi eu gadael

heb gymryd arno, naddodd y gair *shinach* ar y llechen a'i gosod ar y bedd, a gadael Gwenan yn ddiymadferth a mud.

34

Roedd pethau'n troi at wella er gwaetha popeth. Gwyddai Gwenan hynny o'r funud y cerddodd i'r gegin, a chlywed ei mam yn mwmian canu *comic songs*. A phan ddechreuodd adrodd straeon am y merched oedd yn gweithio efo hi'n y ffactri, roedd hi'n debycach iddi'i hun unwaith eto, er mawr ryddhad i bawb.

Ac er nad oedd gan ei thad mwy na hithau ddiddordeb yn Jacki merch Yvonne, oedd yn disgwyl triplets ar ôl bod yn yr ysbyty yn cael *gift* (beth bynnag oedd peth felly); a bod Fiona wedi sgwennu at Cilla Black i ofyn gâi hi fynd ar *Blind Date*; a bod gwraig Mr Mathews, un o'r bosys, wedi mynd i fyw efo rhyw ddynes yn dre, a fynta wedi gofyn i Sylv fynd efo fo i *Goodies* am fwyd, roedd gwên dawel yn ôl ar wyneb ei thad wrth iddo fwyta'i *beef burgers* a'i wy.

Ac ni fu'n rhaid aros yn hir cyn gwybod y rheswm dros y newid. Ar ôl wythnos yn nhŷ Mos roedd Llinos wedi ffonio i ddweud ei bod wedi cael llond bol, ac yn dŵad yn ôl, heno, yn syth o'r gwaith.

'Ddeudis i do, na fydda hi yno'n hir?' meddai ei mam, yn edrych yn ddel er gwaetha'r rhychau ar ei gwddw a'r ddafad ar ei boch, a bod angen mwy o *peroxide* ar wreiddiau'i gwallt.

'Duwcs, lle ma hi?' meddai ei thad, ac edrych ar y cloc, yn meddwl y dylai hi fod yn ôl erbyn hyn.

'Hel 'i phetha at 'i gilydd, gwaith pacio gynni hi,' meddai ei mam, ac estyn am ei sigaréts, er nad oedd wedi gorffen ei bwyd.

Ond fel roedd hi'n tanio dyna sŵn car yn stopio tu allan, a rhedodd ei mam i'r drws i'w agor led y pen, a gweiddi, 'Dowch i mewn, brysiwch neu mi fydd ych bwyd chi 'di sychu'n grimp yn y popty.'

''Di Harri ddim yn aros,' meddai Llinos, a gollwng y cês o'i llaw.

'Tyd yn dy flaen.' Galwodd ei mam ar ei ôl, wedi anghofio'n llwyr y pethau ofnadwy roedd hi wedi bygwth eu gwneud iddo ar ôl iddo greu cymaint o hafoc i'r teulu bach.

'Rhyw dro eto, mae gin i gyfarfod pwysig yn Neuadd y Dre,' ebe Harri.

'Galw ar dy ffordd nôl ta.' Bloeddiodd ei mam dros y stryd i bawb gael ei chlywed.

'Neis dy gal di'n ôl,' meddai ei thad wrth Llinos a phlygu ei ben am nad oedd o'n arfer dangos ei deimladau.

'Ma hi'n braf bod yn ôl,' meddai Llinos gan glirio'i gwddw. 'Fasa waeth i Mos fyw mewn twlc mochyn ddim.'

Doedd hynny ddim yn beth neis i ddweud am neb, yn enwedig o gofio nad oedd Llinos y person twtia'n bod. Ond roedd ei geiriau, mae'n amlwg, yn fêl i glustiau ei mam, neu fydda hi ddim wedi ymestyn am y botel win a thywallt llond cwpan iddi ei hun, ac estyn ei llaw i gysuro Llinos a dweud, 'Sdim rhaid i ti fynd yno byth eto, pwt.'

'Dw i 'di gadal rhai o 'mhetha ar ôl yno . . . methu cal amsar i'w pacio nhw i gyd,' meddai Llinos.

'Paid â phoeni,' meddai ei mam, 'geiff Gwenan fynd yn dy le di.' Trodd ati a gofyn: 'Sdim ots gin ti fynd draw nag oes? Rwyt ti a Mos yn dŵad ymlaen yn iawn hefo'ch gilydd er 'i fod o ddigon â mwydro neb.'

Doedd ganddi ddim calon i wrthod. Nodiodd yn glên, a gwenu er bod ganddi bentwr o waith cartref, yn falchach na dim o weld Llinos yn ôl.

35

'Gafal di'n y pen 'na, afaela inna'n y llall,' meddai Mos wedi cymryd yn ei ben i olchi'r plancedi yn y sinc am ei bod yn ddiwrnod gwyntog braf. A dechrau troi'r blanced yn groes iddi, am ei fraich, er mwyn cael gwared â'r dŵr, nes bod ei blows a'i sandalau'n wlyb domen dail.

'Hwyl 'ntydi?' medda fo, am fod ganddo ddwylo mawr cry. 'Fel hyn allan yn yr awyr agorad roedd pawb wrthi cyn dyddia peirianna, sti. Cario galwyni o ddŵr o'r pistyll, a rhwbio a sgwrio nes bod dy figyrna di'n gignoeth. Ond dynion byth yn hongian y dillad ar lein, gwaith dynas oedd hynny. Dyddia difyr, hogia bach.'

'Hy,' meddai Gwenan, yn methu dallt beth oedd yn ddifyr mewn sgwrio dillad a chario dŵr.

'Fyddan nhw'n lân rŵan erbyn cyrhaeddith Steff.'

'Pryd ma hynny?' Wedi clywed y stori yna o'r blaen.

'Drennydd, 'chan, unwaith y ceith y Fiat bach MOT.' Rhoddodd y gorau i wasgu'r gynfas am eiliad i ofyn iddi a fyddai'n lecio ennill rhyw ffeifar bach, yn twtio'r tŷ: fod y lle'n bendramwnwgl fel tŷ Jeroboam, wedi i Llinos fynd. 'Ddim 'mod i'n rhoi'r bai i gyd arni hi, sti. Ond ew ma'n anodd cal trefn pan fo dau sy ddim yn nabod 'i gilydd yn dda yn byw dan yr unto.'

Ac nid rhyw lanast fach oedd hi chwaith, ond llanast go iawn. Llestri budron ym mhobman, a siwgwr, *corn flakes* a briwsion dan draed. A photiau jam a thriog heb eu cau'n iawn ac yn gymysg â sosbenni budr a chadachau golchi llestri yn drewi'r lle.

'Drychwch,' meddai Gwenan a dal y cadachau rhwng ei bys a'i bawd iddo gael clywed yr oglau drosto'i hun.

'Rho nhw'n y ddesgil i fwydo mewn dipyn o lanri dros nos a mi fyddan nhw fel newydd bora fory,' meddai Mos wedi anghofio popeth am ramant golchi'n yr awyr iach.

'Chi sy isio lle glân ar gyfer y Steff 'ma.' Defnyddiodd hylif golchi llestri am nad oedd Domestos na phowdwr golchi ar gael.

'Ddeuda i un peth yn dy wynab di,' medda fo, ''nei di wraig dda i rywun, ryw ddydd. Ac mi ddeuda i beth arall, fasa'r hogyn Harri 'na ddim 'di nogio chwaith tasa fo 'di dy gal di'n wraig.'

'Ych! faswn i ddim yn 'i gymryd o am bensiwn.' Yn dal i gofio am yr olwg yn ei lygaid pan roddodd hi *The Sailors Return* iddo'n ôl.

'Bobol bach, 'di o ddim mor ddrwg â hynny siawns.' A chwerthin am ei phen. 'Er, faswn i'n cytuno na 'di o ddim digon da i chdi. Ti'n haeddu rhywun gwell, rhywun hefo brêns.'

'Fath â Steff,' meddai hi i ddwyn y geiriau o'i geg. 'Wel, wath i chi heb, dw i ddim isio cariad, brafiach hebddyn nhw. Lot mwy o hwyl.' *Wê, wê, wê rŵan, Gwenan bach, pryd gest di hwyl ddwytha? Pryd 'nest di chwerthin ddwytha nes fod dy focha di'n goch?*

'Faswn i ddim yn cytuno, 'chan, ma dau'n gwmni.' Torrodd Mos ar draws ei meddyliau a syllu i gyfeiriad y drysni fel petai'n disgwyl gweld y gath drilliw yn symud yn y gwair. A mynd ymlaen i baldaruo ynghylch cymaint o flodau del oedd yn tyfu ynghanol mieri a drain. 'Ac os ti'n lwcus iawn, ddoi di o hyd i rosyn prin yn 'u plith.'

Twt, dyna'r math o ramantu oedd yn mynd dan ei chroen.

'Hwdwch,' meddai Gwenan a rhoi'r brwsh llawr yn ei law iddo gael gwneud rhywbeth ymarferol, yn lle gwastraffu amser yn prepian rownd y rîl.

36

Roedd Gwenan yn gyfarwydd â chlywed enwau ei ffrindiau ar raglenni radio fore Sadwrn a hwyr y nos. Ond dyma'r tro cynta iddi glywed enw rhywun roedd hi'n ei nabod yn dda ar y newyddion un, a hynny mor annisgwyl nes peri iddi sefyll yn ei hunfan i amau oedd hi wedi clywed yn iawn. A gan na allai feddwl am neb i'w holi, am eu bod yn gweithio neu'n dal ar wyliau, doedd waeth iddi heb â dechrau ffonio i holi o gwmpas chwaith.

Ysai am ffonio'r mans, ond roedd ganddi gymaint o ofn i dad Hannah ateb y ffôn fel y penderfynodd mai'r peth gorau fyddai iddi fynd draw i'r dre yn y gobaith y byddai'n taro ar rywun fyddai wedi clywed y stori'n iawn.

Cododd ei gwallt yn uchel ar ei phen, a gwisgo'i Reeboks, am fod gwadnau ei sandalau wedi treulio ar ôl eu gwisgo drwy'r ha nes bod ei mam yn rhefru yn erbyn fflachod o wlad bell, ac yn addo prynu rhai gwell iddi'r flwyddyn nesa, er mwyn iddi gael mynd i'r coleg mewn steil. Pawb yn cymryd yn ganiataol ei bod am lwyddo yn yr arholiadau am ei bod yn treulio cymaint o amser yn ei stafell ei hun i hel meddyliau am Llinos, y Steddfod a chyfrinach ei thad.

'Hylô, *sweet sixteen*,' galwodd Wilias Bwtshiar o ddrws ei siop. 'Lle ti'n mynd rŵan? I Goed Cyrnol am sesh?'

Cerddodd ymlaen yn flin wrtho am ofyn cwestiynau gwirion o hyd ac o hyd: a hithau wedi meddwl yn siŵr cael ei holi am y newyddion un. Croesodd y ffordd i'r lle roedd yr haul yn taro, am fod hen wynt oer yn y cysgod. Ond fel roedd hi'n croesi clywodd sŵn car yn brecio.

Neidiodd yn ôl ar y palmant, a chyn iddi gael cyfle i ddod ati'i hun dyna'r car yn stopio, a Wayne yn rhoi ei ben draenogaidd allan drwy'r ffenest a gofyn: 'Lle ddiawl ti'n meddwl dy fod ti'n mynd?' A'i gorchymyn i neidio i mewn.

'Gobeithio nad wyt ti ddim yn mynd yn bell,' meddai hi, rhag ofn iddo gymryd yn ei ben i bicio i'r mynyddoedd fel o'r blaen.

'Sdim rhaid i chdi ddŵad os mai felna ti'n teimlo.'

'Sorri, gin i rwbath ar 'y meddwl.'

'Ddim y John Huw godog 'na oedd hefo chdi noson o'r blaen?' A dechrau llnau ei glustiau efo blaen y beiro a gadwai tu ôl i'w glust.

Chwarddodd Gwenan gan synnu'i fod yn cofio mor dda, er fod pythefnos siŵr o fod wedi mynd heibio. Gwnaeth ei hun yn gyffyrddus, a thynnu'i llaw dros y sêt, er mwyn teimlo'r lledr a'r haciau fel gwe blith draphlith ar ei hyd.

'Deud i mi, wyt ti'n cofio enwa dy gwsmeriaid i gyd?' Er na allai gofio iddo rioed ddefnyddio'i henw hi: na gofyn amdano chwaith, petai'n dod i hynny.

'Dim ond y rhai dw i ddim yn 'u lecio, rheini sy'n debyg o godi twrw rhyngo i a'r bòs.'

'Ti ddim yn debyg o nabod Hannah felly.'

'Hannah?' A chrychu'i drwyn smwt yn y drych.

'Yn ffrind i, byw'n y mans, tu cefn i Ffordd Ddeiniol.'

91

'Pobol fawr sy'n byw'n fanno, neb isio tacsi. Dau, tri, weithia pedwar car yn y dreif.' Yna cofiodd fod ganddo eisiau galw yn un o'r tai am dri, i fynd â rhywun i'r stesion.

''Nest ti ddim digwydd clwad 'i henw hi ar y newyddion un heddiw?'

'Pwy?' A syllu'n flin arni'n y drych, am ei fod yn meddwl yn siŵr mai cyfeirio at ei gwsmer yn Ffordd Ddeiniol yr oedd hi.

'Hannah yn ffrind i, ma hi a thri arall 'di cal 'u restio am dorri i mewn i swyddfa'r Torïaid.'

'Swyddfa'r Torïaid? Be, 'di trïo chwythu'r lle i fyny hefo bom?' Ac arafu, am fod hon yn stori ry dda i'w cholli.

'Na . . . na, dim byd felly, torri rhyw bapura a chompiwtars, peintio a phetha felly, os dalldis i'n iawn.'

'Hynny bach.' Pwysodd ar y sbardun unwaith eto am ei fod newydd weld y bòs yn sbïana arno fo o ddrws William Hill y bwci, Sais a shinach arall, iddi gael dallt. 'Werddon arall 'dan ni isio, chwythu'r tacla'n racs i *Kingdom Come*, a chal *skip* ar gongol pob stryd i'w cario nhw i'r dymp. Yna gneud coelcerth fawr i'w llosgi nhw lle fod 'na ddim blewyn nac asgwrn ohonyn nhw ar ôl.' Ac ychwanegu na fyddai ddim yn syniad drwg cael gwared â John Huw a'i debyg 'run pryd.

'Fasa 'na neb ar ôl tasa chdi'n cal dy ffordd,' meddai Gwenan yn ysgafn rhag troi'r drol.

Ond doedd o ddim yn gwrando. Roedd y bòs yn dal ar ei feddwl. A throdd drwyn yr Hackney i mewn i Kwiks. Ac estyn ei law iddi am y ffêr.

'Tair punt.'

'Teirpunt!' A rhythu arno'n gwerylgar. 'Ond do'n i ddim isio mynd i Kwiks, do'n i ddim isio mynd i nunlla. Chdi gynigiodd fynd â fi.'

'Gwbod hynny. Ond sut gwyddwn i y bydda'r bòs yn sbecian? A fetia i ganpunt hefo chdi y bydd o isio gwbod pwy oedd yr hogan wallt coch oedd gin i'n y cefn, a fynta'n ferchetwr go iawn, rêl ci. Tro nesa ti isio lifft well i chdi wisgo sgarff am dy ben.'

'Os bydd 'na dro nesa,' meddai hi, a thynnu papur £5 o'i phoced.

'Paid â bod mor bigog. Gei di werth dy deirpunt yn ôl un o'r dyddia 'ma. A' i â chdi i lle bynnag ti isio mynd.'

'Llandudno,' medda hi, heb betruso dim, wedi bod yn meddwl sut i ofyn iddo ers tro, am mai fo oedd yr unig un allai ei helpu i fynd at wraidd cyfrinach ei thad.

'Be? Llandudno, lle ma mulod, Seuson a jeriatrics yn byw?'

'Fanno.' A cherdded allan o'r tacsi dan luchio'i phen yn ôl, fel y gwelodd Hannah'n gwneud droeon, pan oedd hi'n benderfynol o gael ei ffordd ei hun.

37

Roedd Llinos wedi gadael ei sgidiau *platform heels* dan y gwely yn nhŷ Mos a doedd byw na bod nad âi hi Gwenan i chwilio amdanyn nhw. Curodd y drws er ei fod ar agor led y pen, a'r gath drilliw yn canu grwndi mor fodlon â phetai heb gael profedigaeth yn ei byw.

'Oes 'na bobol? Oes 'na bobol?' Galwodd am nad oedd yn hoffi cerdded i mewn, er ei bod yn ymwelydd cyson, ac er na fyddai Mos yn malio'r un iot.

'Dibynnu faint ti isio, 'neith un y tro?' meddai llais diarth o ben y grisiau, nes peri iddi gochi, wrth iddi weld coesau blewog noeth yn dod i'r golwg. A chyn iddi gael meddwl am ateb roedd o wedi cyrraedd gwaelod y grisiau, ac yn gwenu arni o glust i glust.

Am eiliad meddyliodd mai breuddwydio yr oedd hi am mai dim ond mewn breuddwydion ar y sgrîn ac mewn llyfrau yr oedd cyd-ddigwyddiadau fel hyn yn digwydd. 'Steff! Chdi 'di Steff?' meddai, yn goch o'i chorun i'w thraed.

'A chdi 'di Gwenan,' medda fo, ei lygaid yn pefrio fel roeddan nhw'n y Steddfod gynt, pan roddodd o'r fwclen *acquamarine* am ei gwddf. 'Roeddwn i 'di ama oddi wrth ddisgrifiad Mos mai'r un un oedda chi.' Plygodd i lawr i wisgo'i jeans cyn ychwanegu fod ganddo asgwrn i'w grafu efo hi.

'Dw i'n gwbod,' meddai hi, a phrysuro i ymddiheuro am beidio troi fyny wrth y clwb rygbi am wyth nos Wener y Steddfod.

'Fues i'n aros am ddwyawr,' medda fo.

'Deiniol aeth yn sâl,' meddai hi a methu dweud mwy am fod lwmp yn ei gwddf.

'Dw i'n gwbod yr hanas,' medda fo, yn deall ei phicil i'r dim. 'Beth bynnag, dwyt ti ddim yn 'y nharo i fel y math o hogan i adal hogyn yn y baw.'

Syllodd ar ei thraed yn fud, yn union fel y gwnâi yn yr ysgol pan fyddai Ken Morris yn ei chanmol am ei gwaith, a hithau ddim yn gwybod beth i wneud efo'i hun. Ond o drugaredd, dyna Mos yn cerdded i mewn, ei hafflau yn llawn o neges o Kwiks.

'Digon o goffi'n fan'ma i sincio'r Titanic,' medda fo, a gwenu ar y ddau, cyn troi ati hi i ddweud, 'Ddeudis i wrtha chdi 'i fod o'n bisyn, 'ndo? Ddeudis i 'i fod o'n smashar, yn *heart-throb* go iawn.'

'Paid â gwrando arno fo,' meddai Steff, wrth ei fodd jyst 'run fath.

Ond doedd dim dewin fedrai roi taw ar Mos unwaith y dechreuai: 'A ddeuda i rwbath arall wrtha chdi, dw i ddim yn meddwl y bydda fo 'di dŵad yma ar frys 'blaw amdana chdi.'

'Fi!' Cododd Gwenan ei llais fel rhyw hogan fach.

'Pwy arall sgin wallt cyrliog coch a llgada gwyrdd? Munud clywodd o amdana chdi, roedd o'n barod i bacio'i gês. Sôn am holi 'mherfedd i, bois bach. Bron nad oedd o isio gwbod faint o frychni oedd gin ti ar dy drwyn.'

'Cant . . . cant a saith . . . ,' meddai Steff, gan symud reit i'w hwyneb i gymryd arno eu cyfri.

'Haws gweld yn yr awyr agorad,' meddai Mos, a'u hyshio nhw allan am dro, iddo gael heddwch yn ei dŷ ei hun.

'Lle'r awn ni?' meddai Steff, ar goll yn sydyn, heb Mos i gynnal y sgwrs.

'Be am yr afon?' A dyfaru ar ei hunion, rhag iddo feddwl ei bod yn chwilio am rywle i garu, a hwythau prin yn nabod ei gilydd.

''Di'r afon 'ma'n bell? Fasa ddim gwell i ni fynd yn y Fiat?'
Nodiodd i gyfeiriad y Fiat bach coch tu allan i'r giât.

'Ddim yn bell iawn, hannar milltir falla.' Methai â meddwl
am ddim byd arall i'w ddweud, er ei bod wedi llunio cyfrolau o
sgyrsiau dychmygol ar ei gyfer yn ei gwely'r nos, pan
freuddwydiai am gael ei weld o eto. Doedd ganddo yntau ddim
i'w ddweud chwaith: dim ond mwmian canu fel y gwnâi ei mam
weithiau pan oedd ganddi rywbeth ar ei meddwl, digon i
fyddaru pawb. Ac wrth ei weld mor dawedog penderfynodd
Gwenan sôn wrtho am Hannah'n torri i mewn i swyddfa'r
Toriaid.

'Hannah?' medda fo. 'Dw i ddim yn nabod neb o'r enw
Hannah. Er, os ydi hi'n aelod o Gymdeithas yr Iaith, mi
ddylwn 'i nabod hi.'

'Na, dw i ddim yn meddwl 'i bod hi. Wyddwn i ddim fod
ganddi ddiddordeb tan i mi glwad 'i henw ar y radio.'

'Felna ma'n digwydd yn amal,' medda fo, 'gweithredu gynta
yna ymaelodi. Felna y dechreuais i fy hun. A be amdana ti?
Sgin ti flys ymuno?'

Ysgydwodd ei phen yn euog.

'Petha pwysicach gin ti ar dy feddwl?' Syllodd Steff arni mor
awgrymog nes peri iddi feddwl ei fod yn gwybod am gyfrinach
The Spade and Hoe. Cochodd fel ffwrnais unwaith yn rhagor.

'Wyddost di be?' medda fo, wedi iddyn nhw fod wrthi'n
cerdded am sbel. 'Ma dy afon di'n bell. Be am i ni fynd i chwilio
am dafarn? Wyt ti'n gwbod am un go lew?'

Ysgydwodd ei phen, am nad oedd arni eisiau mynd â fo draw
i'r Llew, a hithau'n nos Wener: noson y criw.

'Reit, rhaid i mi ddewis 'nta.' Anelodd Steff yn syth at y
dafarn o'u blaen. Un henffasiwn yr olwg, wedi gweld dyddiau
gwell, ond tafarn oedd yn ei atgoffa o'i *local* yn Aberystwyth, lle
roedd o'n fyfyriwr yn astudio rhywbeth digon diflas fel cyfraith
neu wleidyddiaeth. Ni allai Gwenan fod yn siŵr prun gan i'w
lais gael ei foddi yn sŵn lorri oedd yn pasio ar y pryd. A doedd
ganddi ddim digon o ddiddordeb i holi'r ail waith.

Agorodd y drws iddi, ac oedodd Gwenan am eiliad wrth weld
y byrddau gwag a'r dynion wynepgoch llonydd o gwmpas y bar

a'u llygaid pŵl yn ei hatgoffa o'r pysgod trofannol ym mhwll y mans.

'Cymêrs,' meddai Steff a rhwbio'i ddwylo'n ei gilydd fel petai'n ysu am gael mynd atyn nhw am sgwrs, tra oedd hi'n trïo penderfynu ar fwrdd.

'Be am nacw?' medda fo, a phwyntio at y bwrdd dan ffenest, oedd yn drybola o lwch. 'Be gymri di i'w yfad?'

'Shandi.' Deud ar ei hunion, ddim rhyw hen ddilidalio: wedi penderfynu wrth groesi'r stryd beth i ofyn amdano rhag iddi fynd ar ei nerfau'i hun yn trïo penderfynu.

'Shandi! Ti'n siŵr?' Wrth ei sŵn, doedd o ddim yn cymeradwyo ei dewis.

Nodiodd ei phen rhag ymddangos yn anwadal, er nad oedd yn sicr o ddim petai o ond yn gwybod: ddim yn gwbod beth i'w yfed nac am beth i siarad. Ddim yn smocio, nac yn cymryd cyffuriau chwaith. Di-liw, diantur, di-ddim, anniddorol, dyna hi.

'Dy deip di'n brin,' medda fo, mewn tôn allai olygu unrhyw beth, cyn cychwyn at y bar i dynnu sgwrs efo'r hen begors. Er, doedd ganddo ddim byd gwerth i'w ailadrodd pan ddaeth o'n ôl.

A hithau fawr gwell, yn methu meddwl am ddim byd gwell i'w drafod na'r gath drilliw a'i chathod bach.

'Yli, be am i ni fynd i chwilio am dafarn arall. A gei di ddewis tro 'ma, OK?'

'OK.' Er ei bod yn methu meddwl am nunlla ond Y Llew.

A phwy oedd yno fel brenhines yn serennu, ar ben ei digon, ond Hannah wrthi'n adrodd hanes ei hantur efo'r heddlu wrth y criw. A Rich yn mynnu ei bod yn dechrau o'r dechrau pan ddaethon nhw i mewn. Hithau'n ei helfen yn dynwared y gwahanol leisiau, a gwneud sbort am ben yr heddlu nes bod pawb yn glana. A Rich yn rhoi ei big i mewn o bryd i'w gilydd i'w hatgoffa o rywbeth roedd hi wedi anghofio'i ddweud.

'Deud be ddeudodd y blismones yn swyddfa'r heddlu wrtha chdi,' medda fo.

'Reit.' A lluchio'i gwallt golau, newydd ei olchi, oddi ar ei thalcen i'w pharatoi ei hun. 'Dynas hurt, wallgo, ddim yn gall.

96

Gofyn o'n i'n diodda o PMT. Deud fod lot o ferched yn gneud petha anghyfrifol radag honno o'r mis,—torri, dwyn, ymosod, lladd.'

'Ma nhw'n dwp, latsh, yn dwp fel post,' meddai Rich, er nad oedd ganddo syniad beth oedd PMT.

'Hogan a hannar,' meddai Steff wrth iddyn nhw adael, 'fydd yn dda wrth ei theip hi tuag Aber 'cw, rhywun hefo digon o dân yn 'i bol i ysbrydoli'r lleill.'

A rhoi ei fraich am ei hysgwydd i gadw'r ddesgil yn wastad: am fod ei hangen hithau hefyd, am fod genod gwallt coch del yn brinnach nag aur.

38

Darllenodd Gwenan y nodyn mewn beiro goch roedd ei mam wedi'i adael ar y bin bara yn ei llawysgrifen blentynnaidd.

Dad a fi yn meddwl y basa ni'n mynd i ffwrdd am chydig ddyddia. Ddim yn siŵr pryd don ni nôl. Cofiwch am y dyn Fish dydd Gwenar a dyn siwrans dydd Iau. Pres dan y cloc ar y seidbord. Lot o xxxx Mam.

Ac fel petai hynny ddim yn ddigon roedd Steff wedi cael llythyr gan ei fam i fynd yn ôl ar frys. A doedd wiw ei chroesi, meddai Mos: roedd ei gair yn ddeddf.

'Cythral o ddynas fel o'n i'n deud o'r blaen,' medda fo. 'Finna 'di meddwl y basa ni'n tri'n cal rhyw drip i lan môr yn y Fiat bach coch cyn i'r tywydd newid a'r dail ddechra syrthio oddi ar y coed a chrensian dan draed.'

'Ddeudodd o pryd roedd o'n dŵad yn ôl?' gofynnodd Gwenan, heb boeni'r un iot am lan môr a dail, ond yn ofni ei bod yn colli Steff am yr ail waith.

'Dim syniad, dibynnu pa gythreuliaid sy'n corddi'r hen sopan ei fam. Er, fyddi di ddim gwaeth â mynd i'r llofft rhag ofn 'i fod o 'di gadael rhyw nodyn bach neu *love letter* i chdi ar 'i ôl.'

Love letter, fo â'i *love letters*. Eto'n methu stopio'i hun rhag rhuthro i fyny i gael gweld.

A theimlo'i chalon yn suddo wrth weld y drôrs wedi eu gwagio a'r dillad wedi eu tynnu oddi ar y gwely, a'u gosod yn daclus ar y llawr.

Ond doedd waeth iddi chwilio ddim. Tynnodd y plancedi fesul un ac un o'u plygiadau, a'u hysgwyd, nes bod llwch yn codi i'w ffroenau a'i gwallt, a pheri iddi disian. Yna aeth ar ei phedwar i edrych dan y gwely. A rhoi sbonc wrth glywed y sŵn mwya dychrynllyd yng ngwaelod y grisiau. Rhuthrodd i ben y landing i weld beth ddigwyddodd, a gweiddi ar Mos.

Ond doedd dim ateb a mentrodd i lawr, ei chalon yn curo'n gyflym wrth iddi ddychmygu pob mathau o erchyllterau. Ond dim byd mor erchyll â'r hyn a welodd: Mos yn gorwedd ar ei hyd ar y llawr, ei freichiau a'i goesau'n fflopian fel rhyw ddoli glwt fawr, ei geg ar un ochr i'w wyneb a'i lygaid yn syllu'n syn i'r gwagle uwchben.

'Mos, be ddigwyddodd?' Dechreuodd poer lifo'n araf o gongl ei geg. 'Mos, pam na atebwch chi fi?' Roedd hi'n gwybod yn iawn mor hawdd oedd marw, jyst rhoi eich pen i lawr, cwyno am y golau, smalio eich bod yn llwgu, gwneud sŵn yn eich gwddw, a mynd. Ac wrth glywed y rug yn ei wddw, fel pob cachgi penderfynodd gymryd y goes. 'Mos, dw i am fynd i ffonio am ambiwlans. Fydda i ddim yn hir, OK?'

Ond doedd o ddim yn gweld na chlywed. A sgyrnygodd ei dannedd, jyst rhag ofn fod yna Dduw yn rhywle i fyny fanna oedd yn gwrando, i'w rybuddio ei bod wedi cael llond bol: fod dwy farwolaeth o fewn dim i'w gilydd yn fwy na digon i neb.

Rhedodd yn ddigyfeiriad yma a thraw i chwilio am *kiosk*, o un stryd i'r llall â'i gwynt yn ei dwrn, nes clywed sŵn yr Hackney Cab yn y pellter. A rhoi bloedd o lawenydd am fod Duw newydd ateb ei gweddi a'i ddatgelu ei hun.

'Be sy?' meddai Wayne, yn methu â deall achos yr holl ffŷs, y chwifio breichiau gwallgo, ac yntau wedi ei gweld yn iawn.

'Mos sy'n sâl, sâl iawn, methu symud, methu siarad,' meddai hi. 'Fasa chdi'n barod i fynd â fo i'r osbitol?'

'Ti'n gofyn i mi bardduo fy enw da a chario stiffars rownd lle?'

Gwyddai Gwenan mai ofer fyddai dadlau ag o. A gofynnodd

98

am gael defnyddio'i ffôn. Doedd o ddim yn rhyw fodlon iawn i hynny chwaith. Roedd yn gas ganddo siarad efo genod y *depot*, a Duw a ŵyr beth ddywedai'r bòs petai o'n clywed fod y cwsmeriaid yn cael defnyddio'r ffôn.

'Chei di ddim sac, dw i'n addo. Addo ar fy llw.' A gwneud arwydd y groes ar ei bron.

Lluchiodd Wayne y ffôn ati. 'Paid â bod mor blentynnaidd,' medda fo.

39

Pan gyrhaeddodd Gwenan yn ôl o'r ysbyty yn bnafyd o'i choryn i'w thraed ac ar lwgu doedd neb ar y cyfyl. A dim ond cerdyn yn sgrifen draed brain ei mam yn dweud eu bod yn bwriadu aros yn Blackpool am ryw dridia neu bedwar eto: bod *Lady Luck* yn gwenu arnyn nhw, £300 yn y bingo ac £20 yn yr *amusement arcades*, y bwyd yn ffantastic a gwraig y llety y peth clenia'n fyw.

Lluchiodd y cerdyn i'r bin a meddwl cymaint rhwyddach oedd sgwennu na chodi'r ffôn: mor hawdd oedd golchi'ch dwylo o bob cyfrifoldeb trwy sgwennu brawddeg neu ddwy; fel yna ni fedrai neb restru cwynion a helyntion a phigo'u cydwybod a pheri iddyn nhw orfod rhuthro adref.

Roeddyn nhw'n rhydd i wneud fel y mynnen nhw, yn rhydd, fel y dywedodd y doctor tywyll wrthi hi yn yr ysbyty wedi iddi hi sefyll wrth wely Mos: 'Yn rhydd i fynd neu i aros, i 'neud fel 'dach chi'n dewis,' medda fo, a'i lygaid eboni yn gwarafun pob eiliad o'i rhyddid iddi.

Ac yr oedd hi'n rhydd, mor rhydd â Llinos i fynd a dod heb air o eglurhad. Rhydd. Mor rhydd â'i rhieni i fynd ar eu gwyliau, i wncud fel fyd fynnen nhw, heb falio'r un iot. Dyna sut deulu oedd ganddi, hunanol, anghyfrifol, ddim ffit i gael plant.

Doedd waeth heb â thrïo newid pobl, meddai Ken Morris, am fod pawb yn llunio'i batrwm byw yn gynnar yn ei fywyd. Ac roedd y patrwm hwnnw'n ei amlygu ei hun dro ar ôl tro. Dyna pam na ddysgai neb oddi wrth ei gamgymeriadau. 'Peidiwch â beio'r godinebwr byth,' medda fo wrth drafod *Brad*. 'Y tro cynta 'di'r drwg. Dyw hi byth yn anodd yr ail waith. Ar ôl hynny mae'n dod yn ffordd o fyw.' A dweud gyda'r fath argyhoeddiad nes bod Hannah'n ei phwnio'n awgrymog a gwneud llygaid bach.

Llunio'i phatrwm ddaru ei mam pan adawodd Mos. Ac os gallai adael ei gŵr cymaint haws fyddai iddi adael ei phlant.

A beth am ei thad? Roedd yr hyn a wnaeth o yn fwy dichellgar fyth. Fo oedd y dyn mwyaf stumddrwg a chynllwyngar yn yr holl fyd, er na fyddai neb byth yn dweud hynny wrth ei weld yn yr ardd neu o'r golwg yn ei bapurau garddio di-ri. Ac roedd o mor ffeind: byth yn codi ei lais, byth yn tynnu'n groes, nac yn gwneud dim gwahaniaeth rhyngddi hi a Llinos er nad oedd Llinos ddim yn perthyn dafn iddo go iawn. Ond mwgwd oedd y cyfan. Ac roedd yr amser wedi dod i dynnu'r mwgwd. A hi, hi Gwenan, na ddaru iddi rioed wneud drwg yn fwriadol i neb, fyddai'n gyfrifol am ei gwymp.

Wrth iddi feddwl am y torcalon a achosai llifodd y dagrau fel droeon cyn hyn. Ond doedd dim troi'n ôl rŵan. Fel y dywedodd y doctor du wrthi mewn llais mor llym â bedwen yn ysgwyd yn y gwynt, '*Go on, make a move. You're free to do as you wish.*'

Pan gododd y ffôn daliodd gip arni ei hun yn y drych. 'Fel hyn ma bradwr yn edrach,' meddai wrthi ei hun.

40

Roedd Wayne yn flin gacwn ei bod wedi ffonio'r gwaith. Doedd y bòs ddim yn fodlon o gwbl fod cwsmeriaid yn ffafrio un gyrrwr yn fwy na'r llall. Ac i wneud pethau'n waeth roedd o wedi gwneud ffŵl ohono'i hun, yn gwadu nad oedd o ddim yn ei 'nabod hi: a phawb wedi chwerthin am ei ben. Ac ni fyddai wedi sylweddoli pwy oedd hi chwaith pe na bai'r bòs wedi dangos y cyfeiriad.

A lle roedd hi'n meddwl ei bod yn mynd radag yma o'r nos, yn ei lipstic a'i sent ogla drwg? Agorodd y ffenest led y pen am fod *Poison* Llinos yn codi pwys arno.

'Llandudno.' Atgoffodd ef am ei addewid tu allan i Kwiks i fynd â hi lle bynnag y mynnai.

'Doeddwn i ddim yn meddwl y basa chdi wir isio mynd i Landudno,' wfftiodd, a gwthio'r beiro i berfeddion ei glust. 'Fyddi di'n gofyn i mi fynd â chdi rownd mynwentydd ac eglwysi nesa, nabod y teip.' A gyrru'n boenus o ara allan o'r dre, er nad oedd dim yn ei rwystro rhag rhoi ei droed i lawr.

Pan oedd hi'n meddwl na allai ddiodde'r arafwch ddim mwy, trodd i mewn i gulfan ar ochr y ffordd a throi'r injan i ffwrdd i grafu'r plorynnod ar ei war, cyn troi ati i ddweud: 'Cwenan! Am enw gwirion? A be ti am alw dy hun pan ti'n hen? Fedri di ddim mynd o gwmpas yn galw dy hun yn Cwenan, pan fyddi di'n methu gweld na chlwad yn iawn, ac yn pwyso ar dy ffon ac yn niwsans i bawb.'

'Gwenan,' cywirodd, pan lwyddodd i gael ei phig i mewn. 'Gwenan,' a phwysleisio'r *G*, 'am 'mod i 'di cal 'y ngeni ar ddydd Gwener.'

'Hy, hynny ddim yn esgus, be am bobol sy 'di cal 'u geni ar ddydd Sadwrn neu ddydd Llun?'

'Wel, os oes rhaid i chdi gal gwbod, y nyrsys yn yr ospitol roddodd yr enw arna i. A tasa hi'n dŵad i hynny 'di dy enw di fawr gwell.'

'Be sy o'i le arno fo?' A rhoi ei ben heibio'r bwlch oedd yn eu gwahanu i graffu arni drwy'i sbectols drwchus.

'Dim byd, dim byd. Mae o'n iawn, heblaw mai Seusnag 'di o.'

'Seusnag!' Yn ystyried hynny'r sarhad mwya'n y byd. ''Di o ddim mwy o Seusnag na Jên. A be 'di'r gwahania'th rhwng Wên a Jên?'

'Dim, dim, ti'n iawn.'

Roedd hynny wedi'i blesio. Rhoddodd hergwd bodlon i'w hysgwydd chwith a gofyn: 'Lle'n Llandudno ti isio mynd?'

'13 Park Drive.' Yr enw wedi ei serio ar ei chof.

'*Thirteen*! Nymbyr anlwcus, paid disgwl i mi barcio o flaen tŷ.'

Ond er iddyn nhw grwydro'r dre benbaladr, a holi hwn a'r llall, doedd hi ddim mor hawdd dod o hyd i 13 Park Drive. A Wayne yn gynddeiriog am na ddylai gyrrwr tacsi byth orfod holi'r ffordd.

Ond fel roedd o ar fin rhoi'r ffidil yn y to, gwelodd enw'r stryd ar dalcen un o'r tai oedd yn fforchio oddi ar y brif stryd, yn un o ardaloedd tlota'r dre, lle roedd y ffordd yn gulach a phob tŷ'n edrych yn union 'run fath.

'Dyna *thirteen*,' medda fo, a phwyntio at dŷ efo lês pyglyd ar y ffenestri, a phaent glas wedi dechrau plicio ar y drws ffrynt.

Nid dyma'r math o dŷ roedd hi wedi ei ddychmygu'n ei breuddwydion. Roedd hwnnw wedi ei leoli mewn ardal agored braf, yn ei ardd ei hun, a honno'n llawn rhosynnod, gyda mynawyd y bugail a lelog o gwmpas y drws. Tŷ urddasol yr olwg, efo drws derw fel y mans: a ffenestri bach triongl yn y groglofft a'r talcen i roi cymeraid iddo.

'Be sy haru chdi?' medda fo, wrth ei gweld mor ddisymud. 'Ti rioed 'di 'nhynnu i ar draws gwlad jyst i weld slym?'

A'r gair *slym* yn brifo.

'Pobol bwysig yn byw 'ma, lot o bobol fawr.'

'Pobol fawr!' Poerodd y gair o'i geg.

'Athrawon, actorion, twrnïod, stiwdants.'

'Stiwdants! Ers pryd ma stiwdants yn bobol fawr? Ti'n siŵr fod y stryd iawn gin ti?'

Doedd dim byd sicrach. Tynnodd gyfrinach ei thad o boced ei sgert denim i'w dangos iddo fo.

Ond doedd ganddo ddim diddordeb mewn darn o bapur newydd: doedd o ddim eisiau gweld; a doedd ganddo ddim amser i ddarllen ac yntau i fod yn ôl yn y dre 'mhen hanner awr ar gyfer ei shifft nos.

Steddodd Gwenan yn ôl yn ei sêt a rhoi ochenaid fach o ryddhad, yn falch o gael gohirio'r ymweliad tan ryw dro eto, pan fyddai'r cynnwrf yn ei bol wedi tawelu, a hithau'n gwybod beth i'w ddweud. Ond roedd hi ar ei ffordd. O oedd.

41

'Sdim rhaid i chdi fynd i'r ospitol os nad wyt ti isio mynd,' meddai Llinos, wedi dod adra'n gynnar o'r gwaith, yn cwyno efo cur yn ei phen.

'Mae o'n unig, 'sgynno fo neb arall.'

'Hy, 'i fai o 'di hynny. 'Di o ddim yn un o'r bobol hawsa'n y byd neu fasa fo ddim 'di cal tair gwraig. Fasa chdi'n madda tasa fo 'di cal dwy, ond tair! Rhwbath o'i le pan ti'n cal tair.' Gwthiodd deisen ffondant o'r golwg i'w cheg.

'Marw ddaru'r ail.' Roedd hi'n ei amddiffyn er ei gwaetha. 'Ac mae o'n dal yn sâl iawn, medda'r nyrs. A ni 'di'r unig berthnasa sy gynno fo.' A'i chynnwys ei hun, er nad oedd yn perthyn 'run dafn.

'Yli,' meddai Llinos, a thynnu'i llaw dros ei thalcen fel tasa ganddi gur yn ei phen go iawn. 'Dydi perthynas gwaed yn golygu dim, neu fydda pawb sy 'di cal *blood transfusions* a transplants yn perthyn i'w gilydd. A fasa chdi ddim yn dŵad i ben â phrynu cardia Dolig a chardia pen-blwydd i bawb.'

'Chwarae teg, ti'n cario petha rhy bell rŵan.'

'Ydw i?' A gwthio ffondant arall i berfeddion ei cheg. 'Perthynas cig a gwaed yn golygu dim byd. Y ffordd ti'n cal dy fagu, dyna sy'n cyfri. Dyna pam dw i mor debyg i Dad, medda pawb.' A phwyso'i phen ar ei phenelin i fyfyrio ar y peth. 'Perthyn 'di teimlo dy fod ti'n y lle iawn hefo'r bobol iawn, dim ots sut rai 'dŷn nhw: blin, tew, hyll, cas. Mae o fel . . . fel y pant 'na sgin i'n 'y ngwely: niwsans glân pan ti'n boeth ac isio troi, ond pan ti 'di blino ac isio cysgu fedra i ddim meddwl am le brafiach yn y byd i gyd.'

A Llinos ei chwaer efo'i phowdwr gwyn a'i gwallt byr cochbiws ddywedodd hyn, nid Hannah na Ken Morris â'i wyneb Jeremy Irons dwys.

'Fasa chdi'n lecio i mi bicio i'r siop i nôl chwanag o ffondants?' gofynnodd Gwenan.

'Be haru chdi? Ti isio 'ngneud i'n dew? Dw i'n meddwl yr a' i i'r pant yn y gwely 'na am ryw awr. Cofia gloi'r drws ar dy ôl.'

'Iawn.' A dychryn ar ei hunion am fod yr amser ymweld ar ben ymhen yr awr.

Pan gyrhaeddodd dywedodd y nyrs yn y wisg werdd, a oedd yn gleniach o lawer na'r llall mewn gwyn, fod gan Mos ymwelydd yn barod. 'Dowch, a' i â chi draw i gal gweld, mae o 'di cal 'i symud o'r *intensive care.*'

A'i harwain at y lifft ac yna ar hyd coridor hir nes bod ei choesau'n gwegian wrth gofio'r nos y bu Deiniol farw, pan redodd Hannah a hithau allan ar garlam gwyllt, a deffro'r cleifion a thynnu'r nyrsys o'u cilfachau i weld beth oedd yn bod.

''Dach chi'n iawn?' holodd y nyrs, yn synhwyro fod rhywbeth o'i le. 'Fasa chi'n lecio diod o ddŵr?' Roedd hi'n drybeilig o glên, ac yn falch o gael siarad efo rhywun ifanc siŵr o fod, yn lle gwrando ar hen bobol yn crïo a chnadu rownd lle.

Ysgydwodd Gwenan ei phen. Ni allai siarad am ei bod yn teimlo'r dagrau'n cronni, ac am nad oedd wedi disgwyl dim cydymdeimlad. Aeth i'r tŷ bach i'w sychu ac i ddod ati'i hun.

Wrth iddi gerdded drwy'r drws, 'Drycha pwy sy 'ma,' meddai Mos, yn edrych yn dda er fod gwaed, drip a weiars yn sownd wrtho ym mhobman. A Steff yn troi i edrych ac yn gwenu fel giât arni.

'Sut 'dach chi?' gofynnodd, gan wyro'i phen i guddio'r hen gochi gwirion a rhag iddyn nhw glywed ei chalon fel dyrnwr mawr.

'Fuo ond y dim i mi â chicio'r bwcad, hogan, fel o'n i'n deud wrth Steff gynna. Trip Concord i fyny at y Drws ac yn ôl.' A phwyntio at y nenfwd i wneud yn siŵr eu bod yn dallt.

'Lwcus,' meddai Steff a rhoi winc arni hi. 'Rhan fwya ddim yn cal trip mewn eroplên heb sôn am y Concord.'

'Ffordd o siarad, 'washi, ffordd o siarad. Dowch i mi'i roi o fel hyn.' A rhwbio dan ei drwyn lle roedd rhywun wedi eillio'i fwstásh. 'Ma marw fel syrthio i drobwll. 'Dach chi'n gwbod be 'di trobwll, tydach, pobol glyfar fath â chi? Lot o bobol yn boddi mewn trobwll flynyddoedd yn ôl, pan oeddan nhw'n mynd i hel cocos a ddim yn sylwi fod y llanw 'di dŵad i mewn.' A methu mynd ymlaen am sbel am fod ei wynt yn brin a'i geg yn sych grimp. 'Profiad ofnadwy, dychrynllyd, hogia bach, teimlo'ch

hun yn cal ych sugno i drobwll a hwnnw'n cau fel dwylo mawr
cry am eich gwddw. Ond ges i nerth rhyfadd o rwla i weiddi am
help. Dyna ddaru'n achub i, medda'r doctor du; dŵad o hyd i'n
llais. Dyna pam ma cymaint yn marw, medda fo, methu dŵad
o hyd i'r llais mewn pryd.'

Rhoddodd Gwenan ei llaw dros ei cheg wrth gofio am Deiniol
a'r rug yn ei wddf. Dyna oedd yn bod arno fo, chwilio am ei lais
yr oedd o.

'Ti'n iawn?' Trodd Steff i edrych arni wrth i sŵn anfoddog
lithro o'i cheg.

'*Champion*,' meddai Mos, yn meddwl fod y cestiwn wedi ei
anelu ato fo. 'Siort ora, 'blaw am y dafna chwys.' A'u chwalu
oddi ar ei dalcen efo blaena'i fysedd er mwyn eu dangos.
''Mhechoda i 'di'r rhein, yn ôl Sister Preis. Digon i greu dilyw,
bois bach.' A chwerthin am eu bod cyn ysgafned, na, yn
ysgafnach na phlu.

42

Syniad Steff oedd mynd i'r Llew. Byddai'n well ganddi hi fod
wedi mynd am dro'n y Fiat bach coch, neu aros yn nhŷ Mos i'w
gael o i gyd iddi ei hun.

A doedd pethau ddim yn argoeli'n dda o'r funud y cerddodd
Bilw i mewn efo'r grŵp, a rhyw hogan wyneb pwdin wrth eu
sodlau yn siarad yn fursennaidd, fel petai'n ofni pob cytsain ac
R. Ond os oedd Bilw i'w gredu, hi oedd y gantores orau yng
Nghymru, os nad ym Mhrydain Fawr, a newydd ymuno â'r
grŵp.

Ond buan y rhoddodd daw ar y brolio wrth i Hannah
gerdded i mewn, wedi ei gwisgo mewn du o'i chorun i'w sawdl,
ac wedi lliwio o gwmpas ei llygaid gyda phensel ddu a pheintio'i
gwefusau yn welw binc.

'Be gymri di?' meddai Steff gan gyffroi drwyddo wrth glywed
ei bod newydd ddychwelyd ar y Traws Cambria, o bwyllgor

Cymdeithas yr Iaith yn Aber. 'Ro'n i wedi bwriadu mynd yno fy hun nes cal galwad o'r sbyty i ddeud nad oedd Mos yn dda.'

'Mos?' meddai hi a throi i ofyn i Gwenan ai'r un Mos oedd o â'r Mos oedd yn perthyn iddi hi.

'Ia.' A gwneud arwydd efo'i llygaid ar Steff i beidio ymhelaethu ar y berthynas.

'Byd 'ma'n fach.' A chodi'r peint at ei gwefusau i ddymuno iechyd da i bawb, ac i'r achos llys a gâi ei gynnal ymhen y mis.

'Fyddwn ni yno'n gefn i chdi,' meddai Rich.

Fel roedd o'n siarad, pwy gerddodd i mewn ond Llinos a Harri: wrthi'n dadlau hyd at daro, heb boeni'r un botwm corn fod pobol yn eu clywed.

'Ddim Llinos 'di honna?' meddai Hannah, yn methu dim, er nad oedd ei *contact lenses* ganddi. 'Be ddiawl ma hi 'di neud i'w gwallt?'

'Dyna'r steil ddiweddara,' meddai Gwenan, a theimlo fel mynd i guddio dan bwrdd 'run pryd.

'Ma hi'n edrach fel tasa hi wedi'i dal hi braidd. Fasa ddim gwell i chdi fynd draw i weld?'

'Aros, mi ddo i hefo chdi,' meddai Steff, er y byddai'n well ganddi fod wedi mynd ar ei phen ei hun wrth weld Llinos mor sigledig ac yn dolbio'r awyr.

'Iecwm annwl, dychwch pwy sy 'ma,' slyriodd Llinos wrth eu gweld. 'Dychwch ar chwaer bach 'di dŵad i weld chwaer fawr. A phwy 'di pisyn 'ma sy hefo chdi?' Ac estyn ei llaw iddo.

'Steff,' medda fo, a phwyso mlaen i daro sws ar ei llaw.

'Manars,' meddai Llinos a throi i wgu ar Harri. 'Ma rhai dynion yn gwbod sut i drin genod.'

'O! bydd ddistaw,' medda Harri, a chodi i adael wedi cael llond bol.

A Llinos yn rhuthro i goler ei grys, a dechrau ei alw'n bob enw dan wyneb haul, nes bod pawb yn troi i edrych arnyn nhw: Hannah, Bilw, Sbinc, yr hogan wyneb pwdin, a phawb.

'Well i chdi fynd adra, mêt,' meddai Steff, wedi iddo lwyddo i wahanu'r ddau. 'Drychwn ni ar 'i hôl hi.' A throi at Gwenan i ddweud wrthi am drïo'i thawelu tra bydda fo'n mynd i ffonio am dacsi.

'Tacsi?' Yn arswydo gweld Wayne yn cyrraedd yn yr Hackney. 'Gofyn am Handy Cabs.'

'Pwy?'

'Handy Cabs, nhw 'di'r gora o ddigon medda pawb.'

Wedi iddo fynd dechreuodd Llinos fwmblan a rhefru. A ddaru hi ddim tewi nes iddyn nhw ei llusgo i'r tacsi, a'i phloncio rhyngddyn nhw'n y sêt gefn. Yna'n sydyn ar ganol brawddeg, syrthiodd i gysgu'n sownd. A doedd dim modd ei deffro hi pan gyrhaeddon nhw, er iddyn nhw ddilyn cyfarwyddiadau'r gyrrwr o Sais a thynnu yn nolenni ei chlustiau a thynnu'i sgidiau i gosi gwadnau'i thraed.

'*You've got a right Sleeping Beauty*,' medda fo, a throi'r injan i ffwrdd, er mwyn eu helpu i'w chario i'r tŷ, a chael gwared â'i lwyth. A sychu'i draed yn y fat am nad oedd yn gwisgo'i *dancing shoes*, er fod Llinos yn pwyso fel plwm.

'Dreifars tacsi'n frid ynddyn 'u hunain,' meddai Steff wedi iddo fynd. A hynny er nad oedd o rioed wedi gweld Wayne yn ei fyw. A gorchymyn i Gwenan fynd i'r llofft i nôl chwaneg o glustogau i'w rhoi dan ben Llinos rhag iddi fynd yn sâl ar y soffa.

A dyna lle bu'r ddau wedyn yn eistedd ar y llawr yn gwrando ar Llinos yn griddfan a throi'n ei chwsg.

'Sdim rhaid i chdi aros,' meddai Gwenan wrth weld golwg be-wna-i arno fo.

'Dw i 'di arfar aros,' meddai Steff, gan syllu i fyw ei llygaid, nes peri iddi fynd yn feddal i gyd wrth feddwl mai cyfeirio at nos Wener y Steddfod y tu allan i'r clwb rygbi yr oedd o.

'Na, dos di, fydda i'n iawn, wir yr. Ma'r criw siŵr o fod yn dy ddisgwl di'n ôl.'

'Ti'n siŵr? . . . Siŵr?'

'Berffaith.' A chodi i smalio ei wthio at y drws. 'Dos a mwynha dy hun.'

'Reit o ta. Wela i chdi fory.' A tharo cusan ar ei thalcen.

'Ydi o wedi mynd?' gofynnodd Llinos yn fyngus.

'Ydi.' A throi ei phen draw rhag i Llinos weld ei bod yn crïo.

'Blydi dynion. Ma nhw i gyd 'run fath, mynd a dy adal di yn y baw.'

'Cysga rŵan. Paid â styrbio dy hun. Fyddi di'n well erbyn y bora.'

'Gwell? Gwell? Fydda i byth yn well, byth bythoedd tra bydda i byw.' A chodi ar ei heistedd mor sobr â sant i adrodd yr hyn ddigwyddodd iddi yn yr ysbyty yn Stoke. Sy'n profi fod pethau gwaeth yn digwydd na chael eich geni mewn Hackney Cab.

43

Rhuthrodd Gwenan i'r ffenest i weld pwy oedd yn canu'i gorn mor swnllyd tu allan, ac wrth weld to y Fiat bach coch tynnodd ei bysedd drwy'i gwallt, cyn rhuthro i llnau ei dannedd i gael gwared ag oglau cwsg. Newidiodd o'r goban blentynnaidd, yr un efo llun cwningod yn yfed Ovaltine arni a brynodd ei mam iddi'n y farchnad, a tharo'r ŵn nos a brynodd Llinos i fynd ar ei mis mêl amdani.

'Hei cysgadur,' meddai Steff, yn wên i gyd, er na allai ei weld yn iawn am fod cwsg heb glirio o'i llygaid. 'Meddwl y baswn i'n galw i weld sut ma petha'r bora 'ma.' A nelu'n syth am y stafell fyw, i chwilio am Llinos.

'Lle ma hi?' medda fo'n syn, wrth weld y soffa'n wag.

'Aros, a' i i'r llofft i weld.' Yn falch o gael esgus i fynd i'r llofft, i daro dŵr dros ei hwyneb, a thynnu crib drwy glymau ei gwallt.

'Rhaid fod gynni hi gyfansoddiad fel ceffyl,' medda fo pan glywodd nad oedd hi'n ei gwely chwaith. Ac estyn mygiad o goffi poeth iddi a thair *cream cracker* a jam. Ymddiheurodd am nad oedd o'n gallu dod o hyd i ddim arall.

'Fawr o drefn 'ma—Dad a Mam wedi mynd ar 'u gwylia,' meddai hi, yn ymwybodol 'run pryd nad oedd hynny ddim yn esgus dros gypyrddau gwag a lle blêr.

'Paid â phoeni. 'Dan ni ddim isio aros yn y tŷ drwy'r dydd. Oes gin ti flys mynd i nofio?'

''Di hi ddim braidd yn oer i nofio?' Am y byddai'n well ganddi orwedd ar y soffa ar ôl bod yn effro yn trïo dal pen rheswm efo Llinos drwy'r nos.

'Pacia dy betha,' medda fo, yn methu dallt fod hogan ifanc fath â hi'n poeni ei phen am y tywydd. 'Hel dy betha at 'i gilydd, ac mi bicia inna i'r siop bach 'na ar y gongl, i nôl chydig o ddiod a bwyd. A heno ar ffordd adra, mi stopiwn ni mewn rhyw dafarn fach, am bryd o fwyd. OK?'

'OK.' Ei OK o'n wahanol i OK pawb arall, yn gyforiog o addewidion pleserus. 'OK.' A phrysuro i sgwennu nodyn i Llinos i ddweud ble roedd hi wedi mynd, rhag iddi boeni amdani.

A dim ond cael a chael wnaeth hi i hel ei phethau at ei gilydd, cyn ei fod yn ôl efo bag yn llawn o ddanteithion: brechdanau cyw iâr tiki, eog a chaws. A falau lleol, grawnwin a gellyg, caniau cwrw a Coke.

'Gawsoch chi amsar da neithiwr?' mentrodd ofyn wrth iddyn nhw groesi'r bont tua thraethau Môn, a chefnu ar y dre a'i helyntion lu.

'Neithiwr?' Fel petai neithiwr flynyddoedd yn ôl. 'O, neithiwr! Fasa waeth taswn i 'di aros ddim, roedd pawb 'di gadal y Llew cyn i mi fynd yn ôl. Felly, fuo'n rhaid i mi gysgu'n 'y ngwely bach yn hun.'

'O biti.' Mor gellweirus ag yntau, er ei bod yn falch yn y bôn.

Dechreuodd Steff fwmian canu wrth deimlo'r haul ar ei wyneb. A hynny'n ei suo i gysgu, er mor ddel oedd y wlad o'i chwmpas a'r dynion oedd yn gweithio'n y caea yn cynaeafu'r ŷd hwyr.

''Dan ni 'ma,' medda fo, ei lais yn ei chyrraedd o bell. 'Deffra i chdi gal gweld y bae.'

A hwnnw'n ddigon o ryfeddod, ar ffurf pedol efo ambell graig yn ymestyn allan i'r môr.

'Del,' medda hi.

'Distaw,' medda fo, 'dyma'r adag i ddŵad, 'di i'r Seuson felltith fynd yn ôl i'w gwlad eu hun.' A'i herio i'w rasio i'r môr.

''Di hynna ddim yn deg,' meddai hi wrth weld ei wisg nofio dan ei jeans, a'i yrru allan o'r car er mwyn iddi gael gwisgo ei hun hi. A melltithio am fod tywod Sbaen yn dal wedi glynu yn y leining.

'Paid â ffysian,' medda fo. Rhedodd o'i blaen i lawr y boncan nes bod tywod yn codi'n gymylau o'i ôl. Yna galw arni i frysio cyn i'r haul fachlud ac i'r llanw fynd allan.

'Oer,' meddai hi wrth i'r tonnau lapio am ei thraed.

'Paid â bod yn gymaint o fabi.' Roedd ei gorff yn sgleinio a diferyd yn yr haul wrth iddo gamu'n fygythiol i'w chyfeiriad, a thasgu dŵr dros ei phen.

'Paid, paid, paid.' Galwodd yn ofer am drugaredd wrth iddo afael yn ei choesau i'w llusgo dan y don i ymladd am ei gwynt ac yntau'n chwerthin yn braf.

'Watsia dy hun.' A bygwth gwneud yr un peth iddo fo'n ôl.

Ond roedd o'n nofiwr cryfach na hi, ac wedi arfer nofio'n y môr, chwedl na phwll nofio: ei freichiau'n torri fel rhwyfau drwy'r dŵr o'i blaen. A digon o amser wrth gefn ganddo i sefyll i'w herio.

A phan ddaeth yn ddigon agos i'w lluchio'i hun at ei goesau daeth anferth o don a'i sgubo'n syth i'w freichiau.

'Dyna be oedd nawfed ton,' medda fo, a'i chodi fel pluen yn ei freichiau a bygwth ei lluchio'n ôl. Ond ailafaelodd ynddi a'i thynnu'n dynnach i'w chusanu. A'i wefusau er eu bod yn blasu o heli yn felys ac yn fêl i gyd yn gyrru iasau drwy bob rhan o'i chorff.

44

Doedd dim heddwch i'w gael. Edrychodd ar y cloc yn ymyl y gwely wrth glywed rhywun yn lluchio gro ar y ffenest, yn methu dallt prun ai bore ai pnawn oedd hi. Llusgodd ei hun yn gysglyd at y ffenest i weld Hannah'n edrych i fyny â rhyw olwg cythryblus arni. Brysiodd i lawr y grisiau i agor y drws cyn iddi dorri'r ffenest.

'Lle wyt ti wedi bod?' meddai Hannah, a chamu heb ei

gwahodd i'r tŷ. ''Di bod yn trïo cal gafal arna chdi drwy'r dydd ddoe.'

'Ddoe?' Ceisiodd Gwenan swnio'n ddi-hid, er na allai gadw'r wên oddi ar ei hwyneb. 'Ddoe, fues i hefo Steff yn Cable Bay.'

'*Big deal.*'

'A wedyn stopio yn Nhafarn y Rhos am bryd o fwyd ar y ffordd yn ôl.'

'Sdim rhaid i chdi roi cyfri am bob blincin awr. Dwyt ti ddim o flaen dy well.' Piciodd i'r ffenest i weld a oedd y beic yn saff y tu allan. 'Ddim fod y stad 'ma'r lle gora'n y byd i gal beic. Wyddost di fod 'na dwll yn y lôn, bron reit o flaen ych tŷ chi? Bron i mi â chal pyncjar. Ddyla chi ffonio'r cownsil i gwyno cyn i rywun gal damwain a thorri'i goes.'

'Sonia i wrth Mam pan ddaw hi adra.'

'Fedri di ddim codi'r ffôn dy hun?' Clustfeiniodd am ei bod yn clywed sŵn yn dod o'r llofft. 'Dy hun wyt ti?'

Nodiodd a mynd i'r gegin i lenwi'r tegell i wneud panad.

'Bendith y tad, rho fo i ffwrdd,' meddai Hannah, am fod sŵn y tegell yn codi cur yn ei phen. 'Methu dallt pam ma rhaid i beirianna neud cymint o sŵn. Fedra i ddim darllan yn 'y ngwely y nosweithia 'ma heb fod y bylb sy'n fy ymyl i'n grwnian, fel tasa fo 'di gwirioni arno'i hun. Fiw deud hynny wrth Dad neu mae o siŵr o neud pregeth am y peth. Sôn am yr ynni sy'n goleuo'r byd a rhyw rwtj gwinidogion. Ma nhw'n waeth na llenorion, sti, chwilio am ryw gymhariaeth byth a hefyd. Dyna pam ma cymint ohonyn nhw'n anobeithiol: methu meddwl am ddim byd gwreiddiol i'w ddweud.'

A thanio sigarét nes ei bod o'r golwg mewn mwg cyn dod at ei stori. 'Welis i dy yrrwr tacsi di echnos.'

'Fy ngyrrwr tacsi i?'

'Oes rhaid i chdi gal ailadrodd pob peth? Ddim yn canolbwyntio ynta ddim yn clwad wyt ti? Un gyrrwr tacsi wyt ti'n 'i nabod, am wn i. Hwnnw a'th â chdi i Rosgadfan. Ffrîc llenyddol sy'n dreifio Hackney Cab.'

'O! Wayne!'

'Os ti'n deud. Jyst y math o enw fasa chdi'n ddisgwyl iddo'i gal. Ma Cymru'n llawn o Waynes, Jasons, a Rickies, a phob cowboi arall fedri di feddwl amdano.'

'Be ddaru o, felly?' Aeth Gwenan i agor y ffenest i gael gwared â'r mwg.

'Ma hi'n stori hir.' Eisteddodd Hannah yn lluddedig wrth y bwrdd, a gwneud arwydd i Gwenan wneud 'run fath am na fedrai ganolbwyntio ar ei stori â rhywun yn symud o flaen ei llygaid.

'Wedi i chi'n gadal ni echnos, dyna Rich yn deud wrthan ni fynd draw i'w dŷ o, fod 'i rieni i ffwrdd, a bod gynno fo dipyn o faco'r ddraig. Doedd na byw na bod wedyn na chaen ni dacsi. A beth gyrhaeddodd medda chdi? Yr Hackney Cab. Ac mi gymrodd Bilw yr hyff yn y fan a'r lle a deud "Dw i ddim yn mynd yn hwnna." "Be sy'n gneud i chdi feddwl y cei di?" medda dy Wayne di. "Be sy'n gneud i chdi feddwl 'mod i isio cario caridyms?" "*Hold on*," medda Rich, "os 'di Bilw ddim yn cal dŵad, geiff o gadw'i ffycin tasci".' Taniodd sigarét o stwmp yr un oedd ganddi'n barod.

'Be ddigwyddodd wedyn?' meddai Gwenan yn dechrau mwynhau ei hun.

'Be ddigwyddodd? Be ddigwyddodd ddeudi di? Ddaru o ddim lol ond neidio o'r tacsi a rhuthro i afal yn Bilw gerfydd 'i grys i'w lusgo i'r sêt ffrynt. A deud 'i fod o'n drewi. A dechra'i spreio fo hefo Pledge, a'i alw fo'n John Huw am ryw reswm. Wel, *come on*, chwara teg i bawb, 'di Bilw ddim yn John Huw.'

'Ydi mae o,' meddai Gwenan, ac adrodd y stori amdanyn nhw'n dychwelyd o'r *gig*.

Ond doedd Hannah ddim mewn hwyl gwrando. Roedd hi ar frys. Ni fyddai wedi dod ar y cyfyl heblaw fod arni eisiau rhif ffôn Mos.

'Mos! Ti isio rhif ffôn Mos!' Ni allai Gwenan gadw'r syndod o'i llais.

'Be sy o'i le ar hynny? 'Di o ddim mor bwysig fel na fedri di mo'i roi o, siawns.'

'Sgynno fo ddim ffôn.'

'Neiff 'i gyfeiriad o'r tro. Dw i isio gair hefo Steff. Meddwl

112

tybed fasa fo'n medru trefnu bỳs i ddŵad o Aber pan fydda i o flaen fy *so called* gwell.'

Sgrifennodd Gwenan y cyfeiriad ar ddarn o bapur, a gwarafun pob sill.

45

'Ffrindia od gin ti,' meddai Wayne, i brofi fod ganddo yntau ei farn, wrth iddi bwyso'n ôl yn ei sedd, i'w pharatoi ei hun ar gyfer y siwrnai o'u blaen.

'Sut wyt ti'n nabod yn ffrindia i?'

'Dw i'n nabod John Huw, yn tydw?' yn bigog am ei bod wedi gofyn cwestiwn mor dwp. 'Troi hefo rabscals fel fo'i hun, jyncis sy'n meddwl y cân nhw neud fel fynnon nhw a neidio i mewn i'r Hackney jyst am 'u bod nhw'n drewi o gaja, a gwisgo fel down an owts.'

''Dŷn nhw ddim mor ddrwg â ma nhw'n edrach, sti.'

'Maen nhw'n waeth, taet ti'n gofyn i mi.' Canodd ei gorn yn chwyrn ar y tractor o'i flaen. 'Loffars, wêstars, dim byd tebyg i chdi a fi.'

'Falla'n bod ni'n perthyn,' medda hi rhwng difri a chwarae, wrth feddwl am y digwyddiadau oedd wedi eu tynnu at ei gilydd.

'Dw i ddim yn meddwl.' A rhoi ei droed i lawr i basio'r tractor o'i flaen. 'Fy adoptio ges i.'

Roedd ei gyfaddefiad mor annisgwyl nes mynd â'i gwynt oddi arni.

'D'adoptio? Ti'n siŵr?'

'Paid â gofyn cwestiyna gwirion. I be faswn i isio deud celwydd?' A charthu'i glustiau efo'i feiro, cyn ychwanegu mai plentyn maeth oedd o mewn difri; er nad oedd o wedi cyfadda hynny wrth yr un dyn byw o'r blaen.

'Ddeuda i ddim wrth neb.'

'Dim ots gin i. Well gin i fod fel rydw i na bod fath â John Huw a'i fêts yn chwilio am *joy rides*.'

113

'Wyt ti'n gwbod pwy 'di dy rieni iawn?'

'Na . . . Dw i ddim isio gwbod chwaith, rhag ofn y basa nhw fy isio fi yn 'u hen ddyddia, ac yn disgwl i mi'u dreifio nhw o gwmpas lle'n rhad ac am ddim. Ddim fod gin i ddim byd yn erbyn hen bobol, i chdi gal dallt. Tasa Gruff yn fyw faswn i wrth 'y modd 'i gario fo drwy'r dydd yn yr Hackney.'

'Gruff?'

''Nhad, ta,' yn ddifynedd fel tasa hi i fod i wybod, 'hwnnw ddysgodd fi sut i ddreifio lorris pan o'n i'n ddim o beth, a dim ond top 'y nhrwyn i i weld uwch y llyw. Lorris oedd 'i betha fo. Llnau nhw bob nos Sadwrn nes dy fod yn medru gweld dy lun yn y bonnat, a honno'n sgleinio fel swllt yn yr haul.'

A'r cof am ei dad maeth yn ei feddalu wrth iddo anelu trwyn yr Hackney Cab i ganol pont y glaw, lle roedd pob trysor yn cael ei gadw a'r lliwiau'n toddi i'w gilydd fel siaced fraith.

'Drycha,' medda hi, ''dan ni wedi cal ein dal yn yr enfys. Mi faswn i wedi rhoi rhwbath am neud hynny pan o'n i'n fach. Ond bob tro ro'n i'n trïo'i chyffwrdd hi roedd hi'n symud i ffwrdd.'

'Gruff yn deud 'u bod nhw'n beryg, deud mai'r tylwyth teg oedd pia nhw.'

'Oedd o'n deud lot o straeon wrtha chdi?'

'Byth bron. Petha i ferchaid oedd straeon, medda fo.' Edrychodd arni eto yn y drych cyn ychwanegu, 'Un o Sir Gaernarfon oedd o, sti. A' i â chdi i weld lle roedd o'n byw os leci di. A wedyn mi biciwn ni i Rosgadfan i weld 'di'r hogan 'na i mewn: honno oedda chdi bron marw isio gweld 'i thŷ hi.'

'Hogan!' chwarddodd Gwenan. Ni allai feddwl am Kate Roberts fel hogan. 'Ma honno wedi marw ers blynyddoedd, meddwl cal gweld y tŷ lle cafodd hi'i geni o'n i.' Yna difrifolodd. 'I Landudno dw isio mynd rŵan.'

'Blydi Llandudno. Wn i ddim be sy mor sbesial yn Llandudno na 13 Park Drive.'

'Dw i wedi deud y tala i i ti.' Tynnodd y pres o'i phoced, y pres roedd hi wedi eu cymryd o dun garddio ei thad.

'Ddim isio pres,' meddai Wayne.

'Cymwynas, ta. Ffafr.' Edrychodd Gwenan i fyw ei lygaid yn y drych. 'Chdi ydi'r unig un dw i'n 'i nabod sgin gar.'

114

'Hackney.'

'Hackney.'

'Ôl reit, ôl reit, ôl reit.' A throdd drwyn yr Hackney i gyfeiriad Llanfairfechan a Phenmaenmawr.

46

Doedd cloch y drws ffrynt ddim yn canu, a doedd dim llawer o nerth ganddi i guro'r drws am fod ei thu mewn yn crynu a'i choesau'n gwegian a rhywbeth yn pwyso ar ei gwynt. Ond toc, pan oedd hi wedi anobeithio cael ateb, gwelodd olau'n cael ei gynnau yn y cyntedd, a sŵn trafferthus rhywun yn llusgo'i draed at y drws. Yna'r bollt yn agor a hen wraig a'i gwallt yn teneuo'n rhoi ei phen heibio'r drws i ddweud yn Saesneg nad oedd hi ddim eisiau prynu na gwerthu dim. A doedd ganddi ddim arian i'w rannu.

'Dw i ddim isio i chi brynu na rhannu,' atebodd Gwenan yn ôl yn Gymraeg.

'Rhaid ych bod chi isio rhwbath.' Ac agor ychydig mwy ar y drws i gael craffu'n iawn arni efo'i llygaid cymylog. ''Dach chi'n edrach fel tasa chi o'r *welfare* i mi.'

Chwarddodd Gwenan yn nerfus, a thynnu'r papurau a fu am flynyddoedd ynghudd rhwng tudalennau *The Spade and Hoe* o'i phoced: y llun o'r hogan ifanc ar y prom yn gwenu ac yn syllu'n syth i'r camera, a'r llun o'r babi yn y goets.

'Wath i chdi heb,' meddai'r hen wraig ar ôl gafael ynddo i'w deimlo i weld beth oedd. 'Gweld dim golwg, er fod y diawliaid yn yr osbitol yn meddwl 'mod i'n gweld pob peth. Tacla difynadd, rhoi blincars am yn llygaid i i'w testio nhw, a gwylltio am nad oeddwn i'n gweld digon o sêr.'

'Chi 'di Mrs Clayton?' Roedd Gwenan yn magu hyder wrth ei gweld mor sgwrslyd.

'Fi oedd hi am flynyddoedd, a Lisi cyn hynny. A rŵan dim byd ond hen wraig.' A thynnu'i llaw gnotiog dros ei hofarôl. 'Wath i chi ddŵad i mewn ddim gan ych bod chi mor daer. A

115

chaewch 'rhen ddrws 'na'n dynn ar ych ôl, rhag ofn i gath strae gerad i mewn i neud 'i busnas.'

Nid y byddai hynny'n gwneud llawer o wahaniaeth i'r oglau oedd yno'n barod: oglau sur-chwerw bwydydd wedi'u coginio a'u treulio: oglau baco, nwy, lleithder, tŷ bach a henaint. Oglau rhywun oedd wedi blino ymgodymu â byw.

'Heddwch,' meddai'r hen wraig, ar ôl ploncio'i hun yn y gadair esmwyth, a rhoi ei ffon i orffwys ar ei braich: a gafael ynddi ddwywaith dair i wneud yn siŵr ei bod yn saff. 'Be ddeudoch chi hefyd oedd ych enw chi?—'nghof i'n dechra mynd, er 'i fod o cystal ag un hogan ifanc yn ôl yr *expert* o'r DHS.'

'Gwenan.'

'Ia, ia.' A nodio'i phen am hydoedd. 'Enw bach digon del. Be 'di o, deudwch? Cymraeg?'

'Ia.' A chael rhywfaint o ryddhad wrth chwerthin am fod ei nerfusrwydd bron iawn â'i thagu. 'Gwenan am mai ar ddydd Gwener ges i 'ngeni.' Air am air fel y dywedodd wrth Wayne dro'n ôl.

'Hynny'n gneud dim gwahaniath i'r diwrnod 'dach chi'n marw, 'mechan i.' A nodio'i phen unwaith eto i'w amenio'i hun. 'Dim, dim byd.'

Angen sgrwb iawn arni, ei chardigan yn strempiau o fwyd, a dau ddant melyn yn rhydd yn ei phen, a'i hwyneb fel darn o glai wedi cael ei luchio allan i hel baw.

Syllodd Gwenan o'i hamgylch a chwilio am luniau ar y seidbord. Ond roedd gormod o bapurau a geriach wedi eu lluchio driphlith draphlith yno fel na fedrai weld yr un heb iddi fynd draw i fusnesu.

'Oes ganddoch chi blant?' gofynnodd Gwenan, a dal ei gwynt am nad oedd wedi meddwl gofyn mor fuan.

'Be 'di hynny i chi? 'Dach chi'n siŵr na 'dach chi ddim o'r DHS?' A throi i graffu arni efo'i llygaid dall di-liw.

'Ar 'y ngair, ar yn llw, digwydd bod yn y cyffinia a meddwl y baswn i'n picio i'ch gweld chi, a chal sgwrs am ych merch.' Ei cheg yn sych a'i chalon yn curo'n swnllyd, wrth feddwl ei bod o'r diwedd ar drywydd cyfrinach ei thad.

116

'Prun ohonyn nhw?' A throi'n ei chadair yn chwyrn. ''Dach chi ddim yn swnio'n ddigon hen i nabod 'run o'r ddwy.'

'Cilla.' Yr enw'n swnio'n ddiarth ac anghyfarwydd, er nad oedd diwrnod bron yn mynd heibio heb iddi ei ddweud yn uchel wrthi ei hun.

'Cilla? Dolly 'dach chi'n feddwl, pawb yn nabod Dolly er na dw i ddim 'di clwad oddi wrthi ers blynyddoedd maith, ers iddi briodi'r dyn du a mynd i Birmingham i fyw.'

'Be?' Wrth feddwl am annhegwch y peth anghofiodd Gwenan ei neges am eiliad. 'Fydd hi ddim yn sgwennu neu'n ffonio?'

'I be neiff hi beth felly a finna ddim yn gweld, fel 'dach chi wedi sylwi ma'n siŵr a chitha o'r DHS? A sgin i ddim teliffon. A dw i ddim yn bwriadu mynd ar ych gofyn chi am un chwaith, i chi gal dallt.'

'Be am Cilla ta, fydd hi'n galw weithia?' Yn benderfynol o fynd ar y trywydd a hithau wedi dŵad mor bell.

Chwiliodd yr hen wraig am ei ffon a'i chodi'n fygythiol i'w rhybuddio ei bod wedi cael llond bol ar y busnesu diddiwedd: fod ganddi hawl i dipyn o heddwch ar ddiwedd ei hoes.

'Ma'n ddrwg iawn gin i'ch poeni chi,' meddai Gwenan, 'ond faswn i'n ddiolchgar dros ben tasa chi'n medru rhoi ei chyfeiriad hi i mi. Gin i gymaint o betha isio'i ddeud wrthi hi.'

'Hym, yna siarad hefo'ch hun fyddwch chi.' Cododd yr hen wreigan ar ei thraed i ddangos y drws iddi. 'Ma hi mewn confent tua Werddon. Gadal colej i fynd yn *nun* i ryw dwll o le, lle 'dŷn nhw ddim yn cal deud gair o fora gwyn tan nos. Hynny ddim yn plesio'r Bod Mawr ddeudwn i, fynta 'di rhoi tafod iddyn nhw i'w hiwsio hi.'

'O!' 'O!' Rhedodd Gwenan allan heb air o ddiolch nac eglurhad, a'r dagrau'n llifo i lawr ei hwyneb.

'Be haru chdi? Rhywun wedi d'ypsetio di, wedi deud rhwbath cas?' meddai Wayne yn chwyrn, yn barod i achub ei cham. 'Be arall ti'n ddisgwl mewn tŷ nymbar 13 yn Llandudno?' Rhoddodd ei hances iddi i sychu'i thrwyn, a'i gwadd i eistedd ar y bocs yn ei ymyl yn y ffrynt.

47

'Damia,' meddai ei mam, wedi torri ei bys ar y twca. 'Glywist di'n iawn y tro cynta. Wn i ddim be 'di'r hen lol ma sgin ti o ofyn *be* ar ôl pob peth. A phaid â sefyll yn d'unfan fel *statue*, dos i chwilio am rwbath i mi lapio am 'y mys, bendith tad,' yn beio Gwenan am ei blerwch hi ei hun.

Ni wyddai Gwenan ble i ddechrau chwilio, am nad oeddan nhw ddim y math o deulu oedd yn cadw bocs Cymorth Cynta, a chypyrddau pwrpasol i ddal pils a ffisig: dim ond rhedeg i'r siop pan oedd eisiau rhywbeth.

'Neiff hwn?' A chynnig lliain sychu llestri glân iddi o'r drôr wrth weld y gwaed yn pistyllio i'r sinc.

'Dyma sy'n dŵad o fod yn *haemophilic carrier*,' meddai ei mam, gan luchio'r lliain o'r neilltu am ei fod yn rhy swmpus. 'Dos i'r llofft i nôl un o hancesi dy dad yn drôr ucha'r *chest o' drawer*. Yr un ar y chwith,' prysurodd i ychwanegu fel petai'n gwybod am gyfrinach *The Spade and Hoe*.

Rhedodd Gwenan i fyny'r grisiau ar garlam, a gafael mewn hances heb ei defnyddio o'r blaen, un glaerwyn startshlyd efo'r llythyren *T* arni. Ond am nad oeddan nhw'n graig o bres ac am y gwnâi hen un y tro, bu'n rhaid iddi fynd â honno'n ôl.

'Dyma chi.' Wrth weld cymaint o waed yn y sinc ac wyneb ei mam mor llwyd gofynnodd: 'Fasa chi'n lecio i mi ffonio'r doctor?'

'Neiff diferyn o frandi fwy o les i mi nag unrhyw ddoctor,' atebodd ei mam. 'A sut bynnag, ma hi'n haws stopio gwaed i lifo na stopio calon i guro ffwl sbîd.'

Gwyddai Gwenan yn iawn lle câi'r diodydd eu cadw. 'Er, dw i ddim yn meddwl 'i fod o fawr o beth,' meddai hi wrth weld dim ond tair seren ar y botel, chwedl y brandi saith seren a gafodd Llinos ar ôl ei sterics yn y gwesty ddydd y briodas.

'Ers pryd wyt ti'n *connoisseur*?' Swigiodd ei mam y ddiod yn syth o'r botel, a dod ati ei hun yn rhyfeddol, sy'n profi mai lol-mi-lol yw busnes y sêr. 'Car fasa'n handi,' meddai hi ar ôl cael llymaid arall. 'Fasa ni ddim dau dro â phicio i'r osbitol i *emergency*. Be am i ti gal gwersi dreifio?'

'Ha nesa,' meddai Gwenan yn syth wrth feddwl am y gwaith oedd yn ei haros os oedd am basio'r arholiadau a mynd i Aber at Steff. Ac yn gweld dim pwrpas stilio am y gorffennol ar ôl bod yn Llandudno yn siarad â'r hen wraig, am fod rhai pethau'n well heb eu datrys. 'Ga i ffonio Dad i ddŵad i'ch nôl chi?'

'Nei di ddim o'r petha. Ma'n beryg iddo golli'i waith am wastraffu amser. A gwaith mor brin. Mi gymrwn ni dacsi os eiff o'n waeth.'

'Tacsi!' A chymryd ei gwynt wrth feddwl am Wayne yn cyrraedd, a'i holi a oedd wedi dod ati ei hun. Brysiodd i nôl y llyfr melyn i chwilio am rif Handy Cabs.

'Paid â thrafferthu. Fydda i'n iawn,' meddai ei mam. Ac am ei bod yn rhy hwyr i fynd i'r gwaith tywalltodd ragor o frandi iddi ei hun. Doedd dim gwerth iddi fynd, o ran hynny, gan mai blowsys claerwyn roeddyn nhw'n eu gwnïo y dyddiau hyn, a phetai'n cael gwaed ar y defnydd byddai'n fwy o golled na'i werth, er fod ganddi stori dda i'w dweud wrthyn nhw.

48

Roedd hi wedi meddwl sôn am helynt ei mam yn torri'i bys wrth Hannah wrth iddyn nhw ymlwybro tuag at yr afon lle'r oedd y dail yn disgyn ac yn creu slwtj dan draed, a'r slwtj yn ei gwneud hi'n anodd gwthio'r beic. Ond doedd y cyfle ddim wedi codi, am fod Hannah yn prepian yn ddiddiwedd am ddiffygion y system addysg a thwpdra Miss Eirlys Hopcyn a gredai mai coleg a gradd oedd pen draw pob llawenydd. 'Er, doedd gynni hi ddim syniad be i ddeud pan ofynnis i iddi os mai cael gradd oedd y ffordd i'r seithfed ne, pam oedd pob athro ac athrawes yn gwisgo wyneb hir. Gan gynnwys dy hoff Ken Morris di, sy newydd adal 'i wraig, gyda llaw.'

'O, na.' A phigo'i llaw ar fiaren wrth chwilio am fwyar duon i'w rhoi yn ei cheg.

'Ma cnonod ynddyn nhw,' meddai Hannah, oedd wedi'i gosod ei hun ar garreg lefn i wylio'r afon ac i falu awyr am ryw Albert Schweitzer a fyddai'n chwilio pob ffrwyth cyn ei fwyta rhag iddo ladd cnonyn na phry.

'Alb—?' Brathodd Gwenan ei thafod am fod ganddi bethau rheitiach ar ei meddwl na siarad am ryw ddyn nad oedd ganddo ddim byd gwell i'w wneud.

A Hannah, yn rhoi ei bys yn syth ar y briw, yn gofyn: 'Pryd ddwytha glywist di oddi wrth Steff?'

'Dridia—pedwar diwrnod yn ôl.' Pump petai'n dweud y gwir.

'Ro'n i'n meddwl nad oedd o ddim yn un i roi wya i ddeor dano.'

'Pam?'

'Gwenu gormod.'

'Wel, 'di o ddim yn Efengýl, os mai dyna wyt ti'n 'i feddwl.' Lluchiodd frigyn i'r afon yn ei thymer.

'Ma gin rheini reswm dros wenu. Does gynno fo ddim, hyd y gwela i.' Cwpanodd ei llaw i gynnau sigarét. 'Dw i ddim yn trystio pobol sy'n gwenu gormod: maen nhw'n gneud i mi feddwl am bobol yn cerad allan o'r capel am y gora'n bod yn neis-neis.'

'Ma'n well iddyn nhw wenu na thynnu wyneba hir.'

'Dw i ddim mor siŵr.' Tynnodd Hannah ei sgidiau a rhoi ei thraed yn y dŵr, ac edrych o dan ei chuwch ar Gwenan. 'Sdim isio i chdi boeni. Wna i mo'i ddwyn o oddi arna chdi.'

'Dim ots gin i,' meddai Gwenan, yn ysgafn, fel mae'r celwyddau mwya'n cael eu dweud bob amser.

'Dyna ydi byw, sti: twyll, brad, anffyddlondeb, cenfigen. Dyna'r unig betha yn y byd y medri di fod yn siŵr ohonyn nhw. Ma popeth arall yn syrthio'n racs ulw o gwmpas dy draed fel tŷ y tri mochyn tew.'

'Ma 'na fwy i fywyd na hynny, siawns.'

'Dim. Dim.' Curodd Hannah'i thalcen gyda chledr ei llaw. 'Dim ond tristwch ac anobaith a siom. Ac mi ddeuda i pam.' Ei llygaid yn bŵl a'i gwallt fel pelen aur yn sgleinio yn yr haul. 'Am ein bod ni wedi'n cyflyru i gredu mewn un ffordd arbennig o fyw, dilyn syniada confensiynol, parchus, gwyrdroedig ma'n rhieni wedi 'u trosglwyddo i ni, am 'u bod nhw'n *perverts* go iawn, ddim isio i ni gal byw fel roeddan nhw'n byw cyn iddyn nhw newid gwely am gegin a chig cynnes yn eu breichiau am gig marw'n y ffwrn. Dw i'n deud wrtha chdi: 'dan ni'n ddim gwell na'r blydi afon 'ma sy'n cario broc môr.' A throi i edrych ar Gwenan fel petai'r bai i gyd arni hi. 'Ond ma petha'n mynd i newid. Rŵan, heddiw, y funud 'ma cyn iddyn nhw ddifa'r hyn 'dw i'n 'i deimlo fan hyn'—a rhoi ei dwrn ar ei chalon—'cyn iddyn nhw 'y nhroi i'n bypet bach arall fel y miliyna sy'n y byd.'

'Fedra neb dy droi di'n bypet.'

'Chân nhw ddim cyfle. Dyna pam dw i wedi penderfynu gadal.'

'Gadal?'

'Dyna ddeudis i. Gadal. Mynd. Codi 'mhac.' Glaniodd crëyr glas yr ochr arall i'r afon.

'Ei di ddim cyn yr arholiada?'—yn teimlo ar goll eisoes hebddi, er nad oedd dim yn gyffredin rhyngddyn nhw er pan aeth Gwenan fwyfwy i'w chragen ar ôl miri'r pasport ac er pan gyhoeddodd Hannah ei bod am newid ei henw i Gwladys Rhys.

'Pam lai? Fedr neb fy rhwystro i.' Cododd ar ei thraed.

'Ma gin ti dy yrfa i feddwl amdani,' meddai Gwenan gan swnio fel Miss Eirlys Hopcyn ar ei gwaethaf.

'Ma gin i 'y mywyd i feddwl amdano,' meddai Hannah. Gafaelodd yn y beic a sgubo'r dail oddi ar y teiars. 'A phaid ag edrach arna i mor boenus. Dw i'n gwbod yn iawn be dw i'n 'i neud.'

'Cur yn 'y mhen sgin i.'

'Paid â deud dy fod ti'n mynd i fod yn un o'r bobol *boring* 'ma sy'n diodda o *migraine* neu ME.' Plygodd i lawr i roi ei sgidiau yn ôl am ei thraed. 'Sôn am bobol *boring*, roeddwn i'n darllen yn yr *Herald* fod dy yrrwr tacsi di wedi cael sac.'

'Wayne?' A llusgo'i enw allan am byth.

'Pwy arall? Faint o yrwyr tacsi wyt ti'n 'u nabod?'

'Tynnu 'nghoes i rwyt ti.'

'I be faswn i isio gneud peth felly? Ma gin i betha rheitiach ar fy meddwl nag anarchwyr sy'n gyrru tacsis ar hyd y lle.'

Gwawriodd ar Gwenan mai Bilw oedd yn gyfrifol am y ffaith fod Wayne wedi cael y sac.

Wfftiodd Hannah. 'Fasa fo ddim yn 'i iselhau 'i hun. Ma gynno fynta betha pwysicach i feddwl amdanyn nhw na mwydro'i ben am ryw grinc bach hanner pan.' Neidiodd ar y beic a dweud ei bod yn edrych ymlaen am fynd adref i gael sesh gyda Sartre.

49

'Dyma ni'n un teulu dedwydd eto rownd y bwrdd,' meddai ei mam, mewn tôn oedd yn awgrymu ei bod wedi bod yn y brandi neu'r *Mills and Boon* drwy'r dydd. 'Wn i ddim pryd gawson ni bryd hefo'n gilydd o'r blaen.'

'Blasus 'di o hefyd,' meddai ei thad, yn teimlo rheidrwydd i ychwanegu ei bwt, a phigo'r pysgod oedd ar ei blât.

'Llawn *calcium* a *vitamins*,' meddai ei mam. 'Ma Joe Cemist yn deud y dylan ni i gyd fyta pysgod o leia deirgwaith yr wsnos, bod nhw'n dda i ni.'

A Joe Cemist yn dŵad â hi'n syth yn ôl at stori'r *pregnancy kit*.

'Hogia bach, fasa chi 'di clwad ceiniog yn disgyn pan ofynnis i amdano fo,' meddai, ac edrych ar eu cwpanau i wneud yn siŵr eu bod yn llawn, rhag i neb dorri ar ei thraws.

'O, Mam,' meddai Llinos, a oedd wedi clywed y stori ddwywaith o'r blaen, ''dach chi'n gês.'

Cês, ei mam yn gês? Sŵn mawr, efallai, gormod i'w ddweud, ond doedd hynny ddim yn ei gwneud yn gês. Er ei bod yn gwneud ei gorau i swnio fel un y funud 'ma, wrth ail-fyw stori Joe Cemist a'r *pregnancy kit*.

'"Prun 'dach chi isio?" medda fo. "Be sy gynno chi i gynnig?" medda fi. "Gynnon ni ddau fath," medda fo ac edrych o'i gwmpas rhag ofn bod rhywun yn gwrando, yn gwbod yn iawn cymaint o bobol fusneslyd sy o gwmpas lle. "Chi 'di'r expert," medda fi. "Wel," medda fo, "sdim lot rhyngddyn nhw: un chydig bach yn ddrytach na'r llall." "Y dryta," medda fi felna ar dop yn llais, ''dw i ddim isio ffidlan hefo petha rhad.'' Nes fod llgada Neli Taylor Made yn croesi'n ei phen. Fydd y stori'n dew o gwmpas lle fory, gewch chi weld.'

''Naetho chi ddim deud y gwir wrthi?' gofynnodd Gwenan, am fod Diane, merch Neli Taylor Made, yn yr un dosbarth â hi, a'r un mor straegar â'i mam ac yn debyg o adrodd y stori wrth bawb.

'Pam dylwn i?' A thynnu'i bysedd drwy'i gwallt yn ffansïo'i hun na fuo rioed ffasiwn beth. 'Dw i ddim yn rhy hen,' meddai ac anghofio'n hwylus am yr hysterectomi a gafodd bron ddeunaw mlynedd yn ôl. 'Er, ma dwy yn ddigon, yn enwedig dwy mor arbennig, mor sbesial â chi.' Y naill wedi ei galw ar ôl y deryn a ganai yn y llwyn gerllaw'r ysbyty lle cafodd ei geni, a'r llall ar ôl Gwener y dduwies hardd.

''Dan ni ddim isio clwad y stori 'na eto,' meddai Llinos, yn teimlo i'r byw am na chafodd hithau ei henwi ar ôl duwies hardd.

''Dach chi'ch dwy yn ddigon o ryfeddod o ddel, yn tydyn nhw, Tom?' meddai ei mam. A gwgu am iddi ei ddal yn cuddio darn o bysgodyn o dan daten drwy'i chrwyn.

''Run fath yn union â'u mham,' medda fo, gan edrych ar ei wraig dros y bwrdd nes peri iddi chwarae gyda'i gwallt fel hogan ifanc mewn *gig*. Ac i bawb fynd yn fud.

50

''Mhechoda i'n dal i lifo allan ohona i,' meddai Mos, a sychu'i dalcen efo cefn ei law, ar ôl bod yn claddu'r gath drilliw efo'i rhai bach, yng ngwaelod yr ardd.

'Marw o hirath, 'chan, 'ngholli i a'r cathod bach bron 'run pryd. A mynd yn esgeulus a di-hid a cherad ar 'i phen mewn i'r trap roedd rhyw hen gena wedi ei osod yn ymyl y gwrych.'

'Dowch i'r tŷ,' medda hi, yn poeni rhag ofn iddo gael dôs o annwyd, wrth ei weld o'n crynu yn llewys ei grys a dim llawer er pan ddaeth o o'r ysbyty. 'Gin i rwbath dw i isio'i ddeud wrtha chi.'

'Be? Wyt ti wedi clwad oddi wrth Steff? Ddeudodd o pryd mae o'n dŵad yma eto?' A sbriwsio drwyddo, a sychu'i ddwylo yn ei drowsus i gael gwared â'r pridd.

'Rhwbath pwysicach o lawer.' Gwnaeth Gwenan ei gorau i swnio'n hapus am mai hi oedd i fod i gario'r *newyddion da*. 'Llinos yn mynd i briodi.'

'Priodi! Priodi ddeudist di.' A thynnu'i fys yn fyfyrgar dros y saith blewyn oedd yn tyfu'n ôl dan ei drwyn ar ôl iddyn nhw ei eillio yn yr ysbyty. 'Duwadd annwl, sdim pum mis ers pan briododd hi, wel, rhyw gogio priodi o'r blaen. Beidio geiff hi 'i siomi eto, deud i mi?'

'Dw i ddim yn meddwl. Ma hi'n disgwl babi.' Er, doedd Gwenan ddim yn deall sut oedd hynny'n mynd i warchod neb rhag siom, er gwaethaf honiadau ei mam fod popeth yn mynd i fod yn OK, yn A1 y tro hwn.

'O! deud ti! 'Neiff y ffrog oedd gynni hi gynt mo'r tro, felly. Fydd rhaid iddi gael rigowt newydd, mwn.' A cherdded i mewn i'r tŷ o'i blaen, i wneud paned.

'Sdim rhaid iddi. 'Di hi ddim yn dangos eto.' A mynd yn swil i gyd am nad oedd ef y math o beth i'w drafod gyda dyn a oedd yn hŷn na'i mam. 'Ma hi am briodi'n yr offis, a chal ffrog a chôt ar y cost yn *Rainbow Colours*.'

'Pa liw?' Yn fusnes i gyd fel rhyw Feri Jên.

'Dim byd crand.' Ceisiodd fagu plwc i ddod at ei neges a dweud wrtho mai'r teulu yn unig oedd yn mynd i'r briodas.

'Dw i ddim yn meddwl y do i y tro 'ma'r hen hogan,' medda fo, yn cymryd yn ganiataol ei fod o'n cael mynd, er fod Llinos wedi rhoi ei throed i lawr yn bendant y tro hwn. 'Gormod o straen ar yr hen bwmp. A phan ti'n cyrradd yn oed i, ma pob priodas yn edrach 'run fath. Ond ddeuda i un peth.' Edrychodd i fyw ei llygaid. 'Fydda rhyfal niwcliar ddim yn 'y stopio i rhag dŵad i dy briodas di a Steff. Fe di'r cynta ar y list, ti'n dallt?'

'Peidiwch â lolian.' A mynd yn syth at y sinc i olchi'r llestri rhag iddo sylwi ar ei gwrid.

'Dal d'afal yno fo, pwt. 'Di hogia fel fo ddim yn tyfu ar goed,' medda fo wrth gofio am yr hogan wallt golau oedd wedi galw heibio ar ryw sgrapyn o feic i chwilio amdano.

'Hannah?' meddai hi.

'Duwadd, ddeudodd hi mo'i henw, ond roedd llgada fel Efa ar y prowl gynni hi. Mi ddeudis i nad oeddwn i'n 'i ddisgwyl o'n ôl,' meddai, a'i phwnio'n chwareus yn ei braich. 'Mi ddeudis i'n iawn, on'd o?' Wrth ei gweld hi mor ddiymateb, dywedodd: 'Ma gin i newydd arall hefyd. Dw i am symud yn ôl i'r hen fro. Wedi cal hanas fflat, 'chan. Ac i be arhosa i fan hyn? Mistêc oedd dŵad yma. Fydd gin i neb pan ei di i'r coleg, a'r gath drilliw druan wedi'i chladdu yng ngwaelod yr ardd.'

Un arall eto yn sôn am ymadael, fel petai greddf y gwenoliaid ar wifrau'r polion telegraff wedi mynd i'w gwaed.

'Sdim rhaid i chi fynd. Ddo i nôl yn amal amal i'ch gweld. A beth bynnag, mae deg mis cyn yr a' i i'r coleg.'

'Chwara teg i chdi,' meddai, gan roi ei law dros ei llaw hi. 'Ond ma'n bryd i chdi ddechra meddwl am dy fywyd dy hun a pheidio â gadael i ryw *has been* fath â fi dy ddal yn ôl. Ma'n bryd i chdi gamu allan i'r byd mawr.'

Ond doedd hynny ddim yn hawdd. Teimlai o hyd fel petai ar glogwyn yn disgwyl i rywun neu rywbeth ddod heibio i'w gwthio ar ei phen i'r môr.

51

Roeddyn nhw ar eu ffordd i'r briodas pan dynnodd hers allan yn ddisymwth, o du ôl i lorri oedd wedi ei pharcio ar fin y ffordd o'u blaen, a bron iawn â chreu damwain yn y fan a'r lle.

Galwodd y *chauffeur* ar ddreifar yr hers i fagio'n ôl, gan mai fo oedd ar fai. A gwylltio'n gacwn am nad oedd symud arno, a chwifio'i freichiau i dynnu sylw gyrrwr yr hers at y ruban gwyn ar y bonnet, i ddangos pwysigrwydd y daith.

Ac wrth ei glywed yn tantro a rhegi dechreuodd Llinos grïo: fod pethau'n mynd o chwith bob tro roedd hi'n meddwl priodi, fod rhywun wedi gosod jincs arni, yn benderfynol o'i chadw'n hen ferch.

'Paid â siarad yn wirion,' meddai ei thad, a rhoi ei fraich am ei hysgwydd i'w chysuro, 'gynnon ni ddigon o amsar.'

'Digon o amsar!' Edrychodd ar ei watsh. ''Dan ni ar 'i hôl hi'n barod. 'Di priodas offis ddim fel priodas eglws. Dŷn nhw ddim yn aros am neb. Ma hi wedi canu arnoch chi os na chyrhaeddwch chi mewn pryd. Rhywun yn barod yn y ciw i gymryd ych lle.'

Dyna'r peth gorau fedrai ddigwydd, meddai Gwenan wrthi ei hun: yn dal i fethu closio at Harri a'i *Sailors Return*, ac yn methu deall beth oedd Llinos yn ei weld ynddo fo.

'Well i chdi fynd allan i weld be sy'n digwydd,' meddai ei thad wrth Gwenan, am ei fod o yn methu mynd ei hun am fod Llinos yn pwyso mor drwm ar ei ysgwydd, a'i mascara'n staenio'i grys.

'Ôl reit.' Er ei bod yn teimlo'n wirion mewn het a sgidiau sodlau uchel yr adeg honno o'r dydd.

'*Come, please come.*' Gafaelodd yn llawes wen y gyrrwr a theimlo'i gyfflincs oer ar ei llaw. '*My sister's very upset.*'

'*Blame that nincompoop over there, never seen such a stubborn bugger—pardon the language—in my life.*'

'*Please, couldn't we turn back, go another way?*' Yn ymwybodol fod pobl yn edrych arnyn nhw o ffenestri a drysau eu tai.

'*Not bloody likely. It's his bloody fault.*' Camodd yn wyllt at yr hers, i dynnu'r gyrrwr ohoni a churo tipyn o synnwyr i'w ben. A hithau'n dilyn, yn crefu arno ddod yn ôl i'r car.

Yna stopiodd yn stond, a rhoi bloedd o orfoledd wrth i'r gyrrwr roi ei ben allan drwy'r ffenest.

'Wayne! Wayne, dw i wedi bod yn chwilio amdana chdi ym mhobman.' Roedd hi'n methu dod dros y cyd-ddigwyddiad o'i weld am yr eilwaith ar ddydd priodas Llinos eto fel hyn. Ac yn methu synnu 'run pryd mor debyg i Deiniol oedd o, efo'i wallt yn hirach ac wedi'i gribo i un ochr.

'*Don't waste your breath on him, duckie, he's a right queer one he is.*'

Anwybyddodd y cyngor a gafael yn nrws yr hers i'w agor.

'Wayne, plîs symud, ma Llinos yn ypset. Fydd hi'n hwyr i'w phriodas.'

'Tyff.' Ac edrych i lawr ei drwyn arni am y tro cynta. 'Doedd neb yn poeni pan gollis i 'ngwaith.'

''Di hynny ddim yn wir, roeddwn i'n poeni.' Wrth iddi siarad, sylwodd ar enw *Pritchard Ymgymerwr* ar ochr yr hers.

'Roeddwn i'n nabod 'i fab o, sti,' meddai hi wedyn a thynnu'i bys dros y bwlch lle'r arferai enw Deiniol fod. 'Ro'n i hefo fo pan fuo farw, fi a Hannah'n ffrind.' A methu dweud mwy am fod lwmp yn ei gwddw.

'Ôl reit, ôl reit,' meddai Wayne, wedi cael llond bol ar grïo a straeon gwely angau. 'Dim ond i chdi ddeud wrth y penci sy'n ych dreifio chi ma'r marw bia'r *right of way*, 'u bod nhw wedi cal digon o hambỳg yn y byd 'ma, heb gal 'u hambygio gin ryw geiliog dandi o Sais.'

'Iawn, iawn.' A gwenu am nad oedd o ddim wedi newid er gwaetha'r siwt ffurfiol a'r gwallt.

A'r wên yn ei chynnal drwy weddill y dydd: drwy'r briodas ffwr-bwt yn y swyddfa, a'r pryd hir a diflas yn Grange Hall, lle canodd ei mam *Somewhere Over the Rainbow* yn *encore* ar y bwrdd. A lle eisteddodd Harri'n ei gadair mor swrth â'r gath drilliw yn ei mwytho'i hun yn yr haul.

52

Drannoeth dechreuodd symud ei phethau i stafell wely Llinos, am ei bod yn fwy, ac yn wynebu'r cefn lle roedd llai o fynd a dŵad. Ac am fod ynddi wely mawr dwbwl ynghanol y stafell lle gallai droi a throsi fel y mynnai, a glanio'n y pant yr oedd Llinos wedi ei greu iddi ei hun.

'Paid â phoeni,' meddai ei mam, wrth ei gweld yn ei deimlo, pan oeddyn nhw wrthi yn rhoi dillad glân ar y gwely, 'gei di fatres newydd pan ddaw'r llong i mewn. Ac ma'r papur wal yn ddigon o ryfeddod, wath gin i be oedd Llinos yn 'i feddwl. *Rambling Rector*, £12.95 y rôl yn sêl Laura Ashley.'

'Neis, del,' meddai Gwenan er mwyn cael y stafell iddi ei hun i roi trefn ar ei phethau. A dyfaru ar ei hunion, wrth ddechrau didoli'r pentwr dillad, na fyddai wedi derbyn cynnig ei mam i'w helpu, cyn iddi fynd draw i'r Clwb Llafur i chwarae darts.

Trefn, dyna beth oedd ei angen arni, trefn: didoli'r dillad yn ôl eu tymhorau, a'u gosod mewn drôrs ar wahân, gan ddechrau efo pethau ha am fod eu tymor ar ben.

A synnu wrth wagio'i phocedi, gymaint o geriach a phapurau roedd hi'n eu cario o gwmpas efo hi. A dal ei gwynt wrth ddod o hyd i'r ddau ddarn papur newydd ym mhoced y sgert denim a wisgai pan aeth i Landudno i weld yr hen wraig.

Taenodd nhw allan ar y gwely, a'u llyfnhau efo'i llaw. Edrych yn gynta ar y llun o'r babi wedi ei lapio'n dynn mewn siôl, a'r geiriau *Baby girl found in Hackney Cab* mewn llythrennau breision uwch ei ben, a'r dyddiad wedi ei sgwennu yn llawysgrifen ei thad: Gwener, 14 Mawrth 1975. *Nurses at the hospital have decided to call her Gwenan, because she was born on Friday, which is dydd Gwener in Welsh.*

Tynnodd ei bys yn dyner dros ei boch. Yna trodd at y llun o'r ferch ifanc yn gwenu i lygad y camera ar y prom, â'r gwynt yn ei gwallt. A hwnnw 'run ffunud â'r llun ohoni hi ei hun yn y drych. Syllodd arni, a chrychu ei haeliau mewn penbleth fel droeon o'r blaen, heblaw bod mwy o gydymdeimlad yn yr edrychiad y tro hwn. Syllodd am y tro olaf cyn eu rhoi yn ôl yn *The Spade and Hoe* unwaith ac am byth, am nad oedd dim pwrpas stilio ymhellach ar ôl yr hyn ddywedodd yr hen wraig yn 13 Park Drive. A theimlo'n dristach nag arfer am na châi hi byth weld na siarad efo'r ferch yn y llun, a oedd wedi ei chau ei hun mewn cwfaint am ei hoes, y *20 year old student, Cilla Clayton, missing from her home at 13 Park Drive, Llandudno. Police would like to question her following the discovery of a baby girl in the back seat of a Hackney Cab.*

Cododd y llun at ei gwefusau i'w gusanu. A'i ddal yno am hydoedd heb sylweddoli fod y drws wedi agor, a'i thad wedi cerdded i mewn.

Rhoddodd sbonc euog wrth deimlo'i bresenoldeb, a cheisio cuddio'r papur yn ei llaw.

'Paid â gneud hynna,' medda fo, gan eu cymryd oddi arni a'u dal o flaen ei lygaid i'w astudio.

'Lle doist di o hyd iddyn nhw?' Roedd ei lais yn gryg fel petai ganddo annwyd trwm.

'Yn y drôr yn ymyl ych gwely, tu mewn i'r *Spade and Hoe*.' Gorfododd ei hun i edrych arno am ei bod yn teimlo'n euog er mai fo oedd yr un oedd wedi gwneud rhywbeth o le.

'Yn yr hen *Spade and Hoe*,' meddai fel pe na bai dim yn bod. 'Does ryfadd yn y byd na ddois i o hyd iddyn nhw. Llyfra fel dillad yn mynd allan o ffasiwn ac yn cal 'u lluchio o'r neilltu, ti'n gweld.'

'Peidiwch poeni, ddeuda i ddim gair wrth neb,' wrth ei weld yn sychu congl ei lygad. 'Ma'ch cyfrinach chi'n saff hefo fi.'

'Cyfrinach? Pa gyfrinach?' Edrychodd arni'n syn dros bostyn y gwely.

'Wel ...' A methu'n glir â dod o hyd i'r geiriau oedd wedi bod yn crafu am wythnosau, a misoedd, yn ei phen: byth er pan lofnododd y ffurflenni pasport ac y dywedodd ei thad wrthi y byddai ef yn llenwi'r manylion yn ei lle.

'Wel?' Daeth i eistedd yn ei hymyl ar y gwely.

Llyncodd ei phoer. Roedd yn rhaid iddi siarad ag ef cyn i'w mam gyrraedd adref. Pwyntiodd at y llun. 'Hon ydi 'y mam i?'

Nid atebodd am eiliad ond pan atebodd roedd y crygni wedi rhoi lle i ryw ollyngod. 'Ia,' meddai, 'hi 'di dy fam di. Taswn i wedi cal yn ffordd mi faswn i wedi deud wrtha chdi o'r dechra, ond doedd dy fam ddim yn fodlon.'

'Mam?' gofynnodd Gwenan. Prun?—yr un ddaru'i magu hi ynte'r un wallt cringoch oedd yn gwenu i lygad y camera ar y prom, â'r gwynt yn ei gwallt.

'Lil, siŵr iawn.' Fel petai'n synnu ei chlywed yn gofyn y fath beth. 'Roedd hi wedi mopio'i phen arna chdi, wedi gwirioni'n wirion cyn iddi dy weld ti rioed.'

'Be?' Ei llygaid yn chwyddo mewn syndod. 'Oedd hi'n gwbod amdana chi a... a... a Cilla?' Roedd yn cael trafferth i ynganu ei henw: er iddi ei sibrwd droeon wrthi ei hun, cyn mynd i gysgu, a phan fyddai pethau'n mynd o le.

'Be? Yr hogan ifanc 'ma a fi!' A phwyntio at y llun dan ryw chwerthin yn chwithig. 'Doedda chdi rioed yn meddwl 'mod i a'r gryduras fach 'ma'n gariadon? 'Nest di rioed feddwl 'mod i wedi bod yn anffyddlon i dy fam? Gwenan 'raur, welis i rioed mo'r gryduras fach yn 'y myw, dim ond yn y llun 'ma ohoni.'

'Be? Be?' Rhoddodd ei llaw dros ei llygaid am fod y stori'n dirwyn o'i gafael. ''Dach chi'n trïo deud wrtha i nad chi ydi 'nhad i, 'y nhad iawn i?'

'Wel, ia, fi 'di dy dad iawn di; fi ddaru dy fagu di er nad fi ddaru dy genhedlu di, fel byddan nhw'n deud.' Ac ysgwyd ei ben.

'Ond pam ddaru chi guddio'r llunia yn y *Spade and Hoe*?'

'Methu'u lluchio nhw ro'n i, am fod 'y nghalon i'n gwaedu dros yr hogan bach. Er, fasa Lil ddim yn fodlon tasa hi'n gwbod 'mod i wedi'u cadw nhw. Roedd hi eisiau dy hawlio di i gyd iddi'i hun o'r dechra un. Gweld dim bai arni hi, cofia, hitha'n yr ospitol newydd golli babi a newydd glwad na fedra hi ddim cal mwy. Byw na bod wedyn na châi hi'r babi oedd yn crïo'n y ward uwchben. A phan welodd hi'r llun 'ma yn y papur wedyn roedd hi'n credu mai tynged oedd wedi dy roi di i ni. Wedyn fedra'r un dewin 'i stopio hi rhag dy adoptio di, a symud i'r dre 'ma i fyw lle nad oedd neb yn gwbod yr hanes.' Sychodd gonglau ei geg efo'i fysedd, erioed wedi gwneud araith mor hir yn ei fyw.

'Be am Cilla?' Ei henw'n dod yn haws rŵan. 'Oedd hi'n fodlon yn rhoi i i ffwrdd jyst felna?' A chlicio'i bawd.

''Ngenath fach i, doedd hi'n gwbod dim byd am y peth. Chydig ddyddia wedi i'r llun 'na ymddangos yn y papur, daethon nhw o hyd iddi ar waelod creigia Great Orme wedi boddi'i hun.'

'O, na.' A rhoi ei llaw dros ei cheg am fod rhywun newydd ei gwthio oddi ar y clogwyn ar ei phen i'r môr.

'Dyna chdi,' meddai ei thad. Wrth i'w dagrau lifo tynnodd hi i'w gôl. 'Crïa di, crïa. 'Neiff o fyd o les i chdi.'

Crïo drosti ei hun a'i rhieni, crïo am iddi ddrwgdybio'i thad ac yntau mor ddi-fai. Crïo dros yr hen wraig yn 13 Park Drive. A chrïo nes bod ei thu mewn yn brifo a llosgi dros yr hogan â'r

130

gwynt yn ei gwallt ar y prom na fu rioed mewn cwfaint nac yn Stoke.

Crïo nes i'w mam ddod adref o'r dafarn, yn drewi o jin a sigaréts: a'i gwthio'i hun dan y dillad i afael yn dynn amdani yn y pant a greodd Llinos iddi ei hun. Crïo nes bod ei thu mewn yn chwysu, a'r dagrau'n hesb, er fod y cwestiynau yn dal i lifo.

'Pam? Pam?' gofynnodd, bron â mynd ar ei nerfau'i hun yn gofyn yr un peth drosodd a throsodd. 'Pam oedd hi isio boddi 'i hun?'

'Cwilydd arni'r aur, cwilydd yn 'i lladd.'

'Cwilydd?' A chrychu'i thalcen am nad oedd hynny'n gwneud synnwyr.

'Plentyn 'i hoes oedd hi . . . doedd genod bach neis ddim yn cal babi cyn priodi'r dyddia hynny, dim ond merched drwg.'

Cynheuodd y golau er mwyn cael gweld Gwenan yn iawn, a mwytho'i hwyneb efo blaen ei bysedd. A dweud: 'Er, fedra i ddim yn 'y myw gredu y medra neb drwg neud rhwbath mor berffaith â chdi.'

A hynny'n lluchio pob bai oddi ar Cilla, ac yn cyfiawnhau ei gweithredoedd i gyd.

53

Drannoeth penderfynodd fynd draw i chwilio am Wayne i ddweud ei stori wrtho, am na fyddai byth wedi mentro i Landudno oni bai amdano fo, a byddai wedi bod mewn gwewyr meddwl ynglŷn â chyfrinach *The Spade and Hoe* am byth.

'Dowch i mewn. Fydd o ddim yn hir,' meddai mam Deiniol, a oedd wedi mynd yn fach ac yn eiddil ers pan welodd hi ddiwethaf.

'Alwa i eto,' meddai Gwenan, rhag i fam Deiniol ddechrau ei holi am yr hyn a naddodd Hannah ar y llechen amrwd ar ei fedd.

'Rhowch ryw chwartar awr iddo fo.' Caeodd y drws fel petai'n falch o gael gwneud.

Ond pwy gyrhaeddodd ond Wayne, yn yr hers. 'Neidia i mewn,' meddai, gan ei rhybuddio yn yr un gwynt i beidio â chwyno am yr oglau blodau: ni fedrai yntau ei ddioddef chwaith. 'Dyna pam dw i am roi 'y notis i mewn.'

'Be 'nei di wedyn?' A throi i weld oedd yna arch yn y cefn wrth iddo ef godi spîd. 'Ma gwaith yn brin.'

'Mynd i Lundan, fath â phawb arall.'

'Chei di ddim dreifio fel hyn yn Llundan,' meddai hi wrth iddo basio ceir a lorïau ar linellau dwbwl ar ei ffordd i fro ei febyd, lle treuliodd o flynyddoedd gorau'i fywyd yn gyrru lorris Gruff ei dad a dim ond ei dalcen o'n y golwg uwchben y llyw. 'Lot o *speed cops* a *traffic lights* yn Llundan, sti.'

'A digon o Hackney Cabs. Fasa chdi'n lecio dod hefo fi? Ma genod yn cal dreifio tacsis yn Llundan.'

'Dw i ddim yn meddwl.' A diolch iddo am y cynnig 'run fath.

'Y job 'ma'n iawn i hen bobol,' medda fo wrth yrru'r hers i fyny'r allt rhwng y coed pin. 'Mr Pritchard yn glên ac yn ffeind, ac yn 'y nhrin i fel mab. Ond dw i ddim yn teimlo'n iawn yn dreifio hers rywsut. Ddim yn teimlo'n iawn mewn dim ond Hackney Cab.' Trodd i edrych arni drwy'i sbectols drwchus. 'Meddwl weithia 'mod i fel chdi wedi cal 'y ngeni mewn un.'

'Gin i stori i ddeud wrtha chdi am hynny, stori na dw i rioed wedi'i deud wrth neb o'r blaen. Cyfrinach.'

'Sawl gwaith sy raid i mi ddeud wrtha chdi fod yn gas gin i gyfrinacha? Methu'u diodda nhw.'

A gwylltio cymaint nes rhoi ei droed i lawr yn chwyrn i basio'r Mini o'i flaen, a mynd yn syth ar ei ben i Range Rover oedd yn dod i lawr yr allt.

Ni allai Gwenan gofio dim mwy, dim ond deffro yn yr ysbyty a llais ei mam yn cyhoeddi ei bod yn iawn, yn holliach, diolch i'r drefn. A bod hynny'n galw am botel o *champagne*, tair, chwech, dwsin ohonyn nhw.

54

'Hei, *sweet sixteen*, pwy sgin ti'n y goets?' galwodd Wilias Bwtshiar o ddrws ei siop, a gwaed wedi ceulo'n strempiau ar ei frat.

'Babi bach Llinos, yn chwaer.' Symudodd y cwilt iddo gael gweld yr wyneb bach pinc.

'Tebyg i chdi ydi hi, 'run ffunud, 'run drwyn, 'run boer.' Sy'n profi fod pobol mewn oed yn dweud y peth cynta sy'n dŵad i'w pen, er nad oedd hynny ddim yn ei rhwystro rhag teimlo'n falch ac yn gynnes o'i mewn. 'Be ddeudist di oedd 'i henw hi hefyd?'

'Michelle.' Yn dŵad i arfar â fo erbyn hyn.

'Ddim French ydi hynny, dŵad? Digon hawdd deud nad ffarmwr ydi'i thad hi. Ddim llawar o Gymraeg rhyngyn nhw'r ffarmwrs, ti'n gweld.' A chwerthin yn glana ar ben ei jôc ei hun, cyn mynd i'w boced i nôl arian i'w wthio i law yr un fach. A'i hatgoffa i ddweud wrth Llinos am alw i'w weld, iddo gael rhoi rhyw symthing yn anrheg priodas iddi, am eu bod nhw'n gwsmeriaid mor dda.

'Ddeuda i wrthi pan ddeiff hi'n ôl o Majorca.'

'Majorca! 'Di fanno ddim yn ben draw'r byd? Wel, tydi hi 'di mynd yn rêl galifánt.'

Petrusodd wrth feddwl tybed a ddylai egluro mai ar ei mis mêl roedd hi: mis mêl hwyr ond un roedd hi'n ei haeddu, am fod Harri wedi troi allan i fod yn dad gwell nag oedd hi wedi ofni, ac wedi dotio ar Michelle.

'Drycha,' medda fo gan gyffwrdd ei ben o barch wrth i hers fynd heibio. 'Dyna i chdi be dw i'n 'i alw'n gnebrwn *first class*. Digon o floda i roi *send off* parchus i rywun, ddim eu rhostio nhw mewn popty i gal gwarad â nhw ffwr bwt.'

Nid y byddai Wayne wedi cytuno ag ef. Wayne oedd yn casáu oglau blodau. Ac a yrrodd yr hers yn fwriadol yn erbyn y Range Rover yn ôl rhai.

Wayne a ddihangodd o'r ysbyty un bore bach cyn gorffen gwella, i ddal y trên am Lundain i chwilio am waith yn gyrru Hackney Cab.

'Un rhyfadd oedd o, sti,' meddai Gwenan, wrth i Michelle agor ei llygaid mawr glas i edrych arni. 'Pan fyddi di'n ddigon hen awn ni i Lundan i chwilio amdano fo, iddo fo gal yn gyrru ni rownd y lle mewn steil.'

Edrychodd o'i chwmpas rhag bod rhywun yn gwrando a meddwl ei bod yn dechrau colli arni ei hun. A mynd yn ei blaen heibio i'r siopau caeëdig yn y strydoedd tlawd, heibio i'r parc â'i flodau nes dod at y fynwent lle roedd Deiniol wedi ei gladdu.

A sefyll yno yng nghysgod y wal uchel yn gwrando ar y gwynt yn sisial rhwng y coed yw fel cynt, pan naddodd Hannah *shinach* ar ddarn o lechen i'w roi ar fedd Deiniol pan oedd Gwladys Rhys yn sibrwd yn ei chlust.

Yna glanio un bore dydd Gwener ar stepan y drws gyda'r howlath beic. 'Hwda, cymer o,' meddai hi. 'Dwn i ddim pam dw i'n 'i roi o i chdi, a chditha ddim ffit i gal dim.'

Plygodd Gwenan unwaith eto dros y goets, i ddweud wrth Michelle y byddai'r beic yn eiddo iddi hi ar ei hôl. Ac ailadroddodd bregeth Hannah am bwysigrwydd steil a chreu delwedd, air am air.

55

'Dw i'n falch ohona chdi,' meddai ei thad am y milfed tro, a rhoi ei fraich am ei hysgwydd i'w llongyfarch, a byseddu'r pentwr cardiau ar y bwrdd. 'Ac yn deud wrth bawb sy'n galw yn y garej hogan mor glyfar sgin i.'

'Ddylech chi ddim,' meddai hi, am mai i goleg addysg ac nid i brifysgol roedd hi'n mynd.

'Pam lai?' meddai ei mam. 'Ma genod y gwaith yn meddwl dy fod ti'n *brill*, ac yn sôn am neud parti i ti.' Darllenodd y cyfarchion ar y cardiau drosodd a throsodd, a mynd i'r drafferth i egluro pob jôc, yn union fel petai Gwenan ddim yn eu deall.

'Aros i mi gal 'u rhoi nhw ar silff-ben-tân,' meddai ei thad.

'Y rhai Cymraeg yn canol,' meddai ei mam, am fod Hannah wedi mynnu hynny ar ei cherdyn hi. *Hwn yn y canol rhwng ffrindia dy fam*. A'i mam yn holi wedyn am y grŵp roedd Hannah wedi ei ffurfio yng Nghaerdydd ac am y nofel roedd hi'n ei sgrifennu. 'Gobeithio'n wir 'i bod hi'n hawdd i'w darllan, rhwbath tebyg i *Mills and Boon*, os oes 'na betha felly yn Gymraeg.'

Gosododd gardiau Llinos a Harri a Mos yn ei ymyl, gan ddweud megis wrth fynd heibio ei bod yn falch fod Mos wedi ymgartrefu yn ei hen fro.

'Be am i chdi fynd i'r llofft i newid?' meddai ei thad, na fyddai byth yn newid o'i ddillad gardd ac eithrio ar nos Sadwrn i bicio i'r clwb efo'i mam.

'Newid?' Heb fawr o reswm dros ddiosg ei jeans a'i chrys-T.

'Dyna ddeudodd o,' meddai ei mam.

'Ôl reit.'

Ymlwybrodd i fyny'r grisiau, a sefyll am eiliad yn nrws ei stafell am fod rhywun wedi bod yno o'i blaen yn cynnau'r golau er nad oedd wedi dechrau nosi. A chael ei llygad-dynnu gan ddwy ffrâm arian ar y bwrdd glàs: llun ohoni hi'n fabi yn y pram, a llun o Cilla ar y prom yn syllu i lygad y camera, â'r gwynt yn ei gwallt. Safodd yno i rythu a rhythu nes iddi deimlo'u bod yn mynd yn rhan ohoni ac nes i'w choesau ddechrau cyffio ac i gysgod arall ymffurfio yn y drych.

'Steff!' a gweiddi wrth ei bodd, am ei bod wedi anobeithio clywed oddi wrtho. 'Steff!'

'*Hold on*,' medda fo. 'Llongyfarchiada. Aros, ma gin i anrheg i chdi.' Tynnodd fwclen *aquamarine* o'i blwch a'i rhwymo am ei gwddw nes ei bod yn groen gŵydd drosti.

'O, del,' meddai hi.

'Dw i wedi aros am dros flwyddyn i'w rhoi hi am dy wddw,' medda fo.

'Gwbod.' A thynnu ei sylw at y lluniau yn y fframiau arian, er mwyn dweud y stori wrtho, yn falch mai fo oedd y cyntaf i gael gwybod ei chyfrinach, ac am nad oedd ganddi ddim byd i fod â chywilydd ohono mwyach: dim rhyw gyfrinach fawr y byddai'n rhaid iddi ei chadw yn ei chalon a'i chario efo hi i'r bedd.